U0083645

中國語言文字研究輯刊

二三編

許學仁 主編

第23冊

李國正論文自選集
（第二冊）

李國正 著

花木蘭文化事業有限公司

國家圖書館出版品預行編目資料

李國正論文自選集（第二冊）／李國正 著 -- 初版 -- 新北市：
花木蘭文化事業有限公司，2022〔民 111 〕
目 4+172 面；21×29.7 公分
（中國語言文字研究輯刊　二三編；第 23 冊）
ISBN 978-626-344-037-1（精裝）

1.CST：漢語 2.CST：語言學 3.CST：中國文學 4.CST：文集

802.08　　　　　　　　　　　　　　　111010182

ISBN-978-626-344-037-1

9 786263 440371

中國語言文字研究輯刊
二三編　　第二三冊　　　　　ISBN：978-626-344-037-1

李國正論文自選集（第二冊）

作　　者　李國正
主　　編　許學仁
總 編 輯　杜潔祥
副總編輯　楊嘉樂
編輯主任　許郁翎
編　　輯　張雅淋、潘玟靜、劉子瑄　美術編輯　陳逸婷
出　　版　花木蘭文化事業有限公司
發 行 人　高小娟
聯絡地址　235 新北市中和區中安街七二號十三樓
　　　　　電話：02-2923-1455 ／傳真：02-2923-1452
網　　址　http://www.huamulan.tw 信箱 service@huamulans.com
印　　刷　普羅文化出版廣告事業
初　　版　2022 年 9 月
定　　價　二三編 28 冊（精裝）新台幣 96,000 元　　版權所有‧請勿翻印

李國正論文自選集
（第二冊）

李國正　著

目次

論漢字藝術審美的國際性

    漢字作為傳播語言信息的符號系統，從產生開始，除了實用價值之外就具有藝術審美價值。山東莒縣陵陽河出土的大汶口文化晚期陶片刻畫的符號，「旦」字既作 也作 ，「斧」字既作 也作 ，同一個字有簡繁兩種寫法。簡體刻寫方便，這是由於漢字實用價值的驅使；繁體形象生動，這是出於漢字藝術審美的需要。這種現象表明，漢字遠在萌芽時期就已經具有雙重價值，儘管刻畫陶文的工人或許並未意識到這一點。

    中國的漢字由古文字隸變後進一步形成楷書，楷書具有比較嚴謹的結構形體。不過，楷書的形體已遠非模仿自然物象的圖畫，它是一種由點線等幾何圖形組合起來的抽象符號，具有高度的概括力，它能夠引起人們對具體物象的聯想。由於漢字的這一特點，使它與純粹代表音素的拉丁字母存在明顯分野。

    不同的文字記錄不同的語言信息，從這一點來看，文字總是有國界的。但追求真善美卻是全人類共同的理想，凡是美好的事物，都會激發起人們高尚的情操，因此，藝術的審美是沒有國界的。從殷商時期的甲骨文算起，三千年來，漢字變化發展的歷史，既是一部信息傳播史，又是一部書法美學史。換句話說，漢字與拉丁字母的根本區別，不僅在於記錄不同的語言信息，而且在於是否同時負載藝術審美信息。

    漢字是集語言信息和藝術審美信息於一體的符號系統。它作為藝術的形式體系概括了客觀事物的結構、關係、性質、形態的美學特徵，表現了全人類對

形式美的認同和追求，因此，漢字藝術審美的國際性，可以從它的結構藝術和表現藝術兩個方面來討論。

一、漢字結構藝術的國際性

漢字的結構藝術包括兩個層次：一是筆劃，筆劃是漢字最基本的建築材料；二是字形，字形由筆劃組合而成。一個漢字只要按照一定的規則用點線書寫出來，就能傳遞一定的語言信息。語言信息對載體並沒有藝術審美的要求，僅此而論，筆劃無所謂美醜，只要書寫正確，能傳播語言信息就行。剛學漢字的小學生寫的字與著名書法家寫的字，如果僅僅用於傳遞語言信息，功能是相同的。如果把漢字本身作為造型藝術來欣賞，那麼，一點一畫都有嚴格的審美要求。漢字楷書基本筆劃的藝術特色，經鍾繇、王羲之等著名書法家的反覆實踐並逐步完善，到隋代僧智永加以闡發，再經他的學生虞世南廣泛傳播，「永」字八法就成為漢字楷書筆劃造型和審美的基本標準。

構成漢字的各種筆劃可以概括為八種基本類型。一是「點」，古謂之「側」。「點」的藝術造型應當體現飛動美，即所謂「如鳥翻然側下」。〔註1〕側鋒峻落，險而點之，故「點」不宜過於圓平，要富於變化。變化則形態各異，因勢制宜，活潑跳躍，給人以動態的美感。歐陽詢把「點」比如「高峰之墜石」，也是強調「點」的險峻與變化的動態美。二是「橫」，古謂之「勒」。「橫」的藝術形式貴在體現它的渾厚美，即所謂「如勒馬之用韁」。韁繩外表渾厚而內力充實，否則難以勒馬。因此橫畫從形式上看要求含蓄渾厚，不宜露鋒。王羲之說，「每作一橫畫，如列陣之排雲」，這也是重視橫畫外柔內剛，首尾相顧的形式特徵。三是「豎」，古謂之「努」。「豎」的藝術形式重在表現力度。所謂「努」，就是「用力」的意思。歐陽詢把「豎」比如「萬歲之枯藤」，萬年的枯藤蒼老遒勁，故「豎」在形式上不論枯濕遲疾，要在遒勁有力。四是「鉤」，古謂之「趯」。鉤往往依附於其他筆劃，如豎畫向左出鋒的稱為「左趯」。「鉤」的藝術形式通過犀利美，重在表現它的速度。所以出鋒前須駐筆蓄勢，突然迸發，如兔起鶻落，從形式上引起速度的聯想。王羲之說：「每作一放縱，如足行之趨驟，狀如驚蛇之透水。」這明顯地表現了古代書法家對放筆出鋒在

〔註1〕本段所引智永、歐陽詢和王羲之對漢字筆劃的見解，見陳彬龢著《中國文字與書法》，武漢：古籍書店，1982年7月複印本，第60～64頁。

形式上的審美追求。五是「挑」，古謂之「策」。「挑」的藝術形式主要體現飄逸美，智永所謂「如策馬之用鞭」，其勢宛如遊龍，頭重尾輕，鋒芒秀逸。六是「長撇」古謂之「掠」。「長撇」的藝術形式體現犀利美。歐陽詢把「長撇」比為「利劍截斷犀象之角牙」，其鋒芒銳利，可想而知。七是「短撇」，古謂之「啄」。「短撇」在形式上既體現了犀利美，同時也強調了對速度的追求。「鉤」雖然通過犀利美也表現了速度，但它必須依附於其他筆劃才能達到這一目的。因此「鉤」與「短撇」的藝術功能及審美效果是有區別的。八是「捺」，古謂之「磔」。「捺」的藝術形式表現了一種雍容大度的舒緩美。王羲之所謂「每作一波，常三過折」，一折為首部上搶，二折為中部下沉，三折為尾部平出，故「捺」用筆開張，鋪毫緩行，至末收鋒。用筆開張則氣度雍容，緩行收鋒自然舒緩含蓄。

由此可見，漢字筆劃的多種形態，都有不同的美學要求，都帶有藝術審美信息。如果一點一畫不按照漢字的審美原則認真書寫，那麼就談不上形式美，因而也就不可能帶給人們藝術審美的享受。漢字筆劃所表現的美，總括起來就是運動美，力量美，速度美，渾厚美，犀利美，飄逸美，舒緩美。前三種美是事物內在的美，它們必須借助一定的形式才能體味；後四種美是事物外在的美，是形式本身具有的特徵。不同的美一方面依靠不同的藝術形態來表現，另一方面各種美又往往相互交融，體現於同一種藝術形態之中。漢字筆劃所具有的各種美，是人類認同的。點線是人類使用最古老的造型手段，遠在奧瑞涅文化期和索魯特文化期，歐洲的原始人就用線條來繪畫。距今約七千至一萬年的阿志里文化期的礫石上，描繪著許多渾厚的橫線、豎線、形成銳角的折線、柔和的曲線、圓點、橢圓點等等圖案，〔註2〕漢字所具有的渾厚美、犀利美、飄逸美、舒緩美，從礫石的彩繪點線上都生動地體現出來。曲線銜接著橢圓點，很像拖著長尾蜿蜒浮動的蝌蚪，動感很強；反覆扭曲的折線棱角犀利，富於力度。至於新石器時代歐洲出土陶器上的繩紋、帶紋、齒紋、梳紋、網紋、渦紋等豐富的線描，更為精彩地展示了漢字筆劃所具有的各種美。這表明漢字筆劃的藝術造型，不但符合中華民族的審美原則，而且同歐洲古老的造型藝術有著共同的美學追求。因此，這種歐亞古今相一致的形式美，完全能夠為世界人民所理解

〔註2〕朱銘編著《外國美術史》，山東：教育出版社，1986年3月第1版，第19頁。

和欣賞，這就決定了漢字筆劃藝術審美的國際性。

漢字結構藝術的第二個層次是字形。字形按一定的審美標準由筆劃組合而成。唐代書法家歐陽詢的《三十六法》比較系統地提出了漢字字形結構的審美標準，這些審美標準概括起來有三個原則。

第一是平衡對稱的原則。這是漢字楷書藝術審美最基本的原則。楷書藝術追求均衡美是歷史形成的傳統，它反映了中華民族對漢字形體的審美要求。歐陽詢《八訣》說：「分間布白，勿令偏側……四面停勻，八邊具備，短長合度，粗細折衷。」〔註3〕這一傳統審美原則的形成，既有客觀因素，也有主觀因素的影響。就客觀方面而言，平衡對稱是大自然普遍存在的現實情形，人和動物肢體的左右結構，植物枝葉的傘形分布，都給人的視覺造成一種對稱的美感。人受到自然界的啟示，在遠古時期就已自覺地根據這一自然法則從事藝術創造。新石器時代中歐彩陶上的心形花紋，東歐和南歐陶器左右兩旁的扶耳，兩河流域伊拉克烏爾的白神殿，巴比倫易士塔門，中國仰韶文化山西襄汾陶寺出土陶鼓的雙耳，良渚文化福泉山遺址出土的石鉞，商城遺址的城市布局等等，無不遵循對稱原則進行藝術造型。從主觀方面而言，中華民族從遠古以來除了把平衡對稱原則應用於建築物、器具的設計而外，還根據這一審美原則進行漢字的創造。仰韶文化遺址西安半坡出土的陶器上刻畫的符號如丄、丅、↓、↓、↓、↑、∨、米，都體現了平衡對稱的審美原則，甲骨文就更為普遍地採用了對稱結構。現代楷書的方塊形，也是這種審美思想指導的必然結果，因為方塊外形的兩組對邊兩兩對稱，是最能體現平衡法則的幾何圖形。歐陽詢《三十六法》中的「向背」結構，如「非」、「卯」、「北」、「兆」等字，「撐拄」結構如「丁」、「中」、「十」、「巾」等字，「應接」結構如「小」、「八」、「水」、「木」等字，它們在形式上都給人以平衡對稱的美感。這種美感並不因為國籍的不同或不認識漢字而有所改變。

第二是變化統一的原則。漢字形體千差萬別，但每個單獨的字形看起來卻很和諧。這是什麼原因呢？就是因為漢字的結構遵循了現實世界多樣和諧的自然法則。現實世界是一個紛繁複雜的統一體，地球上生物的種類形態各異，它

〔註3〕轉引自侯鏡昶主編《書法美學卷》，江蘇美術出版社，1988 年 2 月第 1 版，第 175 頁。

們的內部結構也有簡單或複雜，低級或高級的差別，這些差別歸根結蒂都是生物與環境相互諧調共同進化的結果。多樣和諧不僅是生物界的進化法則，而且也是人類在勞動實踐中提煉出來的藝術審美原則。漢字的平衡對稱只是漢字形式的一種美，平衡對稱形式也只是漢字多種結構形式中的一種類型。漢字結構形式的多種變化受和諧原則的制約，如果結構變化沒有原則，就只會形成雜亂混沌的格局，毫無美感可言。古希臘的藝術家們從高低抑揚的音符構成美妙的樂曲，悟出變化統一的美學原則。如果一支樂曲全由同樣音高的音符組成，一個漢字用完全雷同的筆劃書寫，還夠得上稱為藝術嗎？新石器時代波希米亞和德國出土的一些陶器上繪有∧、〉、𠔿形的幾何紋樣，這些形式不同的紋樣出現在同件陶器上並沒有雜亂無章的感覺，就是因為它們巧妙地排列成了和諧的整體結構。巴黎盧佛爾美術館所藏的一件公元前四千年左右的蘇美爾文化陶缽，上面繪畫的狐狸、羚羊和鸛鳥形態各異，但它們組合在一起卻給人以十分諧調的美感，這是因為所有形態各異的動物都採用柔和流暢的曲線構成了風格統一的畫面。漢字形體的多樣性取決於漢語的性質。漢語是以單個的音節來表達語素義的語言，而漢字與音節和語素形成的一一對應關係，使得漢字必須以不同的形體來區別不同的意義，因此漢字體系內的每個字形都必須有自己的特徵。但是所有的漢字在形式上又都統一於八種基本筆劃，表示同一類意義的漢字又都基本上統一於共同的意符，語音上有關聯的漢字也儘量統一於同一類聲符。漢字在從古文字到現代楷書的發展過程中，一直遵循著多樣統一的原則。歐陽詢《三十六法》中的「穿插」、「偏側」、「挑搩」、「相讓」、「避就」、「增減」等字形結構的審美標準，就是於變化中求統一的美學原則的具體體現。

　　第三是對立聯繫的原則。對立聯繫也是自然界的普遍法則。世界上所有的事物都處於既相互對立又相互聯繫的關係網之中。大到人與自然，小到一件作品的各個藝術環節，都貫穿著這一原則。英國博物館所藏伊拉克烏爾的漆版畫上的王者與奴隸，就按照這一原則來進行形象的塑造。王者身軀龐大高坐，奴隸則矮小侍立，統治者與被統治者之間的對立關係以及王者役使奴隸，奴隸服侍主人的相互聯繫，都通過藝術形式形象地揭示出來。這同中國古代繪畫描繪帝王和臣民的手法毫無二致，可見這一藝術審美的原則是中外一致，沒有國界的。

　　遠古時代人類開發自然的水平還很低，藝術作品比較偏重揭示人對自然的依附關係，把人作為自然的一部分來表現。古巴比倫亞速王朝薩爾恭二世宮殿雕刻的神獸，有著武士的頭，雄獅的軀體，鷹的翅膀，它象徵著智慧、力量和敏捷，同時也揭示了人與動物的共存關係，這與中國古代人首蛇身的伏羲、女媧形象，體現了共同的美學思想。對立聯繫作為塑造形式美的原則，在漢字字形結構中，主要體現為疏與密、高與低、斜與正、長與短、豎與橫、撇與捺、點與線等等的處理技巧。如果一味強調和諧統一，勢必抹煞結構的鮮明特色；如果單純堅持個性，擴大差異，結構不受美學原則制約，那麼，也就談不上形式美了。字形的美表現在相互聯繫的對立結構之中，在結構的對比之中求同存異，相互照應，才會既有鮮明的個性，又能保持統一的共性。因此，一點一畫在一個具體的字形中，都不是孤立的，而是處於與其他部分的相互照應聯繫之中。唐代書法家張懷瓘《論用筆十法》所謂「偃仰向背」、「陰陽相應」、「鱗羽參差」、「峰巒起伏」，以及明代解縉《春雨雜述》所說「周而折之，抑而揚之，藏而出之，垂而縮之，往而復之，逆而順之，下而上之」，都是根據對立聯繫審美原則總結出的漢字藝術構形的規律。歐陽詢《三十六法》的「朝揖」、「附麗」、「回抱」、「包裹」注意到字形內部彼此對立的部分相互顧盼照應，從而造成渾然一體而又特色鮮明的形式美。

　　總之，漢字結構的形式美來源於現實世界客觀事物的形體美，它的審美原則是古今中外一切造型藝術都必須遵循的基本原則，因此漢字結構藝術的審美具有超時空的性質，它的國際性是無可置疑的。

二、漢字表現藝術的國際性

　　漢字楷書形體早已遠離了古老的造字時代，遠離了對客觀世界事物形態的原始模寫。現代漢字體系是一個概括性很強的抽象符號系統。所謂漢字的表現藝術美，並不是像繪畫或雕塑那樣以線、面、色彩或體積來表現具體事物的形象美，而是以點線為造型手段來表現主觀對客觀事物高度抽象之後創造的形式美。由於漢字字形是由純粹抽象的點線構成，這就決定了它的表現藝術具有高度的概括性。

　　漢字的每一點一畫，每一個字形，以及由若干字形構成的篇章，都有很強的概括力。這種藝術概括力的根源，來自點畫和結構的抽象性。漢字點畫和結

構的形式，可以反映與之形似的各種客觀事物的美。字形、字體的多樣組合，還可以反映與之形似的各種客觀事物的運動變化、表現力量、速度和節奏的美。由於漢字的抽象特點，它並不表現也不能表現某一具體事物的形態，這就使得它的表現領域廣闊無垠，客觀世界的萬事萬物都可以用點線高度概括地表現出來。由於漢字是人書寫的，所以人的精神、氣質、思想情感、審美情趣，都會融匯於點畫、字形結構和作品章法之中，這就使漢字表現藝術具有反映主客觀世界的雙重概括力，這是其他任何藝術形式所難以企及的。但這並不意味著漢字書法藝術只有中國人才能體會欣賞，外國人就不能領悟其中的奧妙。

正因為漢字表現藝術具有高度概括性，它不拘於某具體事物，所以其表現的內容就具有超乎一般藝術形式的世界共通性。漢字體現的中華民族的形式美學觀念，也是世界各族人民進行藝術活動所共同遵循的美學原則。漢字結構的平衡對稱、變化統一、對立聯繫、運動節奏等等形式特徵，是世界上一切國家一切民族一切階級無論創作何種藝術作品都必須考慮的美學因素。漢字表現藝術可以純粹從形式著眼而不考慮漢字負載的語義內容，這就更多地表現了全人類認可的共同美。一千多年前中國晉代書法家王羲之的《蘭亭序》，今天仍然被公認為最優秀的行書作品；注重以形式美表現情感理念的日本前衛派書法作品在巴黎展出引起法國青年對東方抽象線描藝術的狂熱，這就表明以點線為造型手段的表現藝術具有經久不衰的穿透時空的魅力，為國際社會所樂於接受。

漢字表現藝術的國際性主要體現在以下三個方面。

第一，表現客觀事物的結構美。任何事物都有自己的結構，各種事物共存於一個世界，相互之間又構成了新的結構。此結構與彼結構既相區別又相聯繫，既有個性又有共性。遠在造字時代人們就注意到了事物的結構特徵。甲骨文用口來表示嘴、器皿、陷坑、地域範圍，以若干短線表示水滴、雨滴、血滴和微小的東西，這些都是從事物結構抽象出來的表現形式。口形或短線只能象徵性地反映這些事物共同具有的結構美，而不能具體描繪這些事物實際的形象美。現代楷書和草書比甲骨文更為抽象，因而它們對事物的結構美具有更強的概括力和表現力。事物的結構美有靜態與動態兩大類，無論表現靜態美還是動態美，都要以漢字筆劃為依據進行藝術創造，把漢字的形式結構特徵和所要表現的事物結構特徵天衣無縫地融為一體，使人們在欣賞由點線

組合成的漢字時感受到事物結構美的魅力。漢字楷書字形雖有一定的規範，但構成字形的筆劃的形態卻沒有嚴格限定，筆劃之間的相對位置也有迴旋餘地。例如漢字的點有各種傳統的稱呼：「半蟻點」、「蝌蚪點」、「懸珠點」、「連飛點」、「柳葉點」、「蟹腳點」、「鼠矢點」、「直波點」、「流水點」等等，這些不同的稱呼，就是把點的形式結構特徵與客觀事物的結構特徵相結合創造出來的。不同的形態的點的形式美正反映了不同事物的結構美。「半蟻」、「蝌蚪」、「懸珠」、「柳葉」、「蟹腳」、「鼠矢」、「直波」表現的是靜態美，「連飛」、「流水」表現的是動態美。漢字的藝術審美實際上並不是一對一的關係，人們從點線的形態所引起的藝術聯想往往因人而異，即使同一形態的點線，對同一個人也可能引起多種審美感受。「柳葉點」可能讓人聯想到柳葉的結構美，也可能讓人聯想到旗幟、手巾、花瓣、小舟、船帆、蝶翅等等事物的結構美。草書的點畫可以連續，筆劃比楷書更精練，概括力和表現力都比楷書更強，長於通過形式的對比來表現事物結構的動態美。張旭見公主與擔夫爭道而悟得草書布局的揖讓之法；見公孫大娘舞劍器而用筆產生低昂迴旋的姿態；黃庭堅見船夫蕩槳撥棹而得勁挺的筆法；懷素見夏雲隨風而悟得筆勢的變化。這表明漢字形體之所以能表現事物的結構美，一方面固然由於點線具有高度概括力，另一方面也是歷代書法家留心觀察客觀事物，把漢字形式美與事物結構美努力融合，反覆錘鍊的結果。字形的結構美通過提按、衄挫、往復、折轉和疾澀等運動方式或對立的筆法，來造成點線粗細、曲直、藏露、方圓、輕重的形式對比。整幅作品的結構美，則主要通過分間布白來處理筆劃、字形、行間的大小、長短、寬窄、斜正、高低、疏密、揖讓等對比關係，構造運動而平衡，變化而統一的整體結構美。而所有這一切形式對比，都反映了客觀事物的結構特點和結構規律，因而漢字的藝術審美具有國際的共通性。

　　第二，表現客觀事物的性質美。事物的結構是有形的，而事物的性質是無形的，漢字表現事物的性質美，只能通過形式特徵讓人產生聯想。一個形如懸珠的點，它可以表現珠粒的結構美，也可以表現不同質地的珠粒的性質美，例如瑪瑙的光亮滑潤，玻璃的堅硬透明，水珠的晶瑩欲滴。不同質地的珠粒既具有各自的性質美，又具有共同的性質美；漢字點畫和字形既可以表現某種事物特有的性質美，也可以表現某類事物共有的性質美。不過，這種性質美並非繪畫所表現的寫實的形象美，而是高度抽象的形式美。甲骨文的「↑」既表現箭

頭的性質，木刺的性質，又用來表示斧斤的性質，因為它們都有共同的犀利美；「ℓ」既用來表現毛髮的性質，水流的性質，也用來表現旌旗上流蘇的性質，因為它們都有共同的柔婉美。而「ℓ」則專用來表現閃電曲折有力的剛勁美。世間萬物，舉凡天地、日月、星辰、山川、鳥獸、蟲魚、花草、樹木，乃至於人為的房屋、機械、器具，它們都有形有質，用漢字表現這些千差萬別的事物的結構美已經不是容易的事，通過點線構成的形式讓人感受到事物的性質美就需要更為深湛的藝術功力。為了表現各種不同的性質特徵，楷書從點畫到字形的處理技巧日益變得豐富多樣，僅「豎」就有「懸針」，「垂露」、「鐵柱」、「象笏」、「曲尺」等不同的形態。一般說來，「豎」易於表現事物堅硬的性質，但同樣堅硬的事物在性質上還有不同的個性，這就需要通過筆劃形態的創造來表現。如「懸針」長於表現堅硬而犀利的性質，「曲尺」則適於表現硬中帶有彈性的個性。因此對點畫形態的審美，不能僅停留於它所表現的結構美，而且要通過其形式特徵體味它所表現的性質美。所謂「藏骨抱筋，含文包質」，就是點畫性質美的體現。性質美寓於形態美之中，而形態美的點畫不一定具備性質美。性質美表現力強的點畫除了形態的塑造符合形式美的審美原則而外，還富於沉著的力度和質感，具有耐人尋味的藝術魅力。對事物結構美和性質美發掘的方向和深度的不同，形成了不同的藝術風格。唐人竇蒙《述書賦》列舉了 89 種語例字格，其實也就是 89 種藝術風格。清人包世臣《藝舟雙楫》對唐代以來書法家的如下評價：

> 鍾紹京如新鶯矜百囀之聲；率更如虎餓而愈健；北海如熊肥而
> 更捷；平原如耕牛，穩實而利民用；會稽如戰馬，雄肆而解人意；
> 景度如俟贏強疆，布武緊密；範的如明駝舒步，舉止軒昂。

這段話就注意到書法家們表現婉轉、猛健、肥捷、穩實、雄肆、緊密、高昂等性質美的不同風格。漢字字體的表現領域也各有不同，小篆長於表現事物結構的曲線美，隸書能夠表現結構的對稱美，楷書適於表現結構的均衡美，甲骨文、金文和草書則分別適於表現事物性質的犀利美、渾厚美和流動美。點、線始終是人類用來塑造抽象形態的基本手段，從舊石器時代法國尼奧克斯洞穴猛獁圖的抽象線條，中世紀德國早期風格中的幾何圖案，直到本世紀風行西方的抽象繪畫，作為基本造型手段的抽象線條的形式美，一直具有長盛不

衰的藝術魅力。正如古希臘哲學家柏拉圖所說：〔註4〕

> 我說的形式美，指的不是多數人所瞭解的關於動物或繪畫的美，
> 而是直線和圓所形成的平面形和立體形。……這些形狀的美不像別
> 的事物是相對的，而是按著他們的本質就永遠是絕對美的。

漢字點線所表現的事物性質的美，是以形式美為基礎的，而形式美沒有民族、
階級、國家的侷限，是為全人類所共有的，這就決定了漢字藝術審美的國際
性。

第三，表現主觀世界的心靈美。所謂「心靈」主要指人的審美意識和情感。
漢字點畫作為純藝術的形式美，不受階級立場和政治態度的制約，但卻不能
不流露藝術家的情感和體現藝術家的美學追求。作品的藝術風格便是審美意
識的集中體現。有的風格含蓄蘊藉，有的峻利灑脫，有的婉麗秀逸，有的險
勁瘦硬，有的溫潤豐腴，有的平淡自然，有的疏放跌宕，有的矩矱森嚴，不同
的風格憑藉點線的不同形態變化創造出的形式美來表現，風格美就是審美意
識外化的藝術形式的完整體現。漢字具有適合於表現風格的形式美，也具有
適合於表現情感的形式美。唐人孫過庭《書譜》「達其性情，形其哀樂」就認
為漢字的藝術形式能夠表現人的感情。《藝舟雙楫》進一步指出感情與形式的
關係：「性情發形質之內」，「形質成而性情見」。可見特定的形式也是特定感
情的外化。元人陳繹曾《翰林要訣》說：

> 喜怒哀樂，各有分數。喜即氣和而字舒，怒則氣粗而字險，哀
> 即氣鬱而字斂，樂則氣平而字麗。情有重輕，則字之斂舒險麗亦有
> 淺深，變化無窮。

中國書法的這種觀點很容易為國際社會所接受，這是因為藝術發展到一定階
段，表現形式必然從具象躍進到抽象，表現對象必然從客觀事物轉向人類自
己。抽象表現主義的青騎士畫派認為：〔註5〕

> 藝術中的重要因素──給予藝術以生命力和效果的因素──不
> 是某些構圖原則或者某些完美的理想，而是感情的直接流露，是符
> 合感情的形式，這種形式像姿態一樣的無拘束，像岩石一樣的耐久。

〔註4〕柏拉圖著《文藝對話集》，人民文學出版社，1963 年版，第 298 頁。
〔註5〕〔英〕赫伯特・里德著，劉萍君譯《現代繪畫簡史》，上海：人民美術出版社，1979
　　　年 10 月第 1 版，第 132 頁。

一部分抽象表現主義畫家雖然不認識漢字，但對中國書法深有感受，如威廉‧德‧孔寧（Willande Kooning）、弗朗茲‧克萊因（Franz Klein）、馬爾克‧托比（Mare Tobey）和亨利‧米修（Henri Michaux）等人用寬大的刷子刷出草書式的狂放筆道以表現力和強度。〔註6〕漢字草書的形式技巧能夠給予當代抽象表現主義畫家以啟示，表明漢字的形式美確實具有穿透時空的藝術魅力，能夠表現人的審美追求。日本的前衛派把現代書法發展到超形體的形式藝術，通過這種藝術尋求人們在心靈和理念上的表達與溝通，而不只是停留於欣賞形式本身。一切為了表現個人心靈的追求和人的情感理念是前衛派的最高原則，這樣，形式就成為心靈和情感的外化，形式美直接表現人的心靈美。守時大融的代表作「白夜」，以沿著二維平面伸張開來的線條造成具有空間感受的筆意，以簡約的造型和在筆路上表現出來的墨色，把形式美和人的心境融合為一體，釀成一種陰森可怕的寂靜，給人以無限寬廣的幻想。前衛派書法家的藝術活動開掘了點線的表現力，他們以眾多的作品成功地證明了運用點線來揭示人的心靈，來體現人的審美意識和情感理念，是任何藝術家都可以嘗試的藝術途徑。

古今中外許多藝術家的實踐表明：中國漢字的造型手段和藝術審美原則，不僅是屬於中國人的，而且也是屬於全世界各國人民的共同的精神財富。

原載《漢字文化》，2000 年第 2 期。

〔註6〕朱銘編著《外國美術史》，山東：教育出版社，1986 年 3 月第 1 版，第 712 頁。

《說文》漢字體系研究的新創獲——
評宋永培《〈說文〉漢字體系與中國上古史》

　　《說文》自問世以來，研究它的學者代不乏人，特別是清儒把《說文》的研究推向了一個高峰，難怪不少學者瞠乎其後，以為不可超越。由於這種看法無形中束縛了學者們的思想，使得《說文》學在本世紀未能取得根本性的突破。宋永培教授所著《〈說文〉漢字體系與中國上古史》以獨特的視角，嶄新的方法，翔實的內容而引人注目。這部著作突破了傳統《說文》學的舊框子，把《說文》的詞義研究與中國上古史聯繫起來進行跨學科探索，這就不僅開拓了《說文》研究的新領域，而且為漢字發祥的古老淵源，提供了文化學證據。

　　作者認為，通過漢字的意義體系探求成體系的上古史，其標準是以意義體系對應於古史體系，不是就單個漢字或某些漢字孤立地、零碎地、表面地考釋古史的片鱗碎羽或細枝末節。這是學術觀的一大進步。研究漢字的學者，長期以來習慣於微觀研究，著重於一字一義的考求。這種考求對於深入瞭解某一字形與意義的相互關係，探索漢字構形的理據，不無要義，但對漢字體系的宏觀把握，尤其對漢字體系與上古文化史相互整合相互生發的深層動因的探索，則存在明顯侷限。漢字研究之所以長期徘徊不前，首先是對漢字的整體性認識不夠，表現為就字論字，不能從整體著眼。在古文字考釋工作中，各家往往囿於

字形，偏執一說，以今擬古，這就難免墜入斜道，至有「如射覆然」的譏評。其次是對漢字本身就是漢民族文化的生動體現這一點熟視無睹。有的學者受西方語言理論的影響太深，總認為漢字從頭到腳都是缺點，無論如何也比不上西方文字簡便。這些學者沒有深思：在世界文字字母化的彌天大潮中，漢字為什麼能夠碩果僅存，生生不滅？究竟是什麼力量給漢字以強大的生命力，使它從唐堯虞舜的洪荒時代，歷經奴隸社會、封建社會直到今天的電腦時代，仍然為十幾億中國人掌握運用，繼續被中華民族用來創造燦爛的精神文明和物質文明。再次是沒有意識到成體系的漢字的形成與發展，是中國古代社會形成與發展的一個縮影。雖然漢字體系並不就是古史體系，但漢字體系在構建過程中便打下了古代社會的烙印。傳世文獻裏已經遺失的某些信息，完全可能保存在漢字的意義體系中，不過需要有卓識遠見的墾荒者去發掘而已。現在這一點由宋永培教授首次明確提出，並且身體力行，為研究者做出了表率。儘管他的研究成果不無商榷之處，但僅僅是這種眼光，這種開拓精神，就意味著瑣碎的、封閉式的《說文》研究已經成為歷史，一種蘊涵深遠、宏觀審視、整體系聯的學術觀將成為指導《說文》研究步入新階段的路標，帶動整個傳統學術研究領域治學觀念的轉變。

此書歸納《說文》意義體系以考察上古史，運用的是整體貫通的方法。這是在《說文》研究方法上的重要貢獻。作者指出，漢字也是史料，漢字的本義具有直接表述古史的寶貴價值。漢字的產生與中國的文明同樣古老，漢字出現的年代一定早於任何一部成文的典籍。即使「六經」以前無復書記，或者文獻不足，研究者仍可經由漢字來考察古史。所謂「整體貫通」，就是把《說文》9353 個字詞作為一個有機的整體來看待，通過校正、考釋、匯聚、清理這近萬個字詞的形、音、義發生貫通聯繫的樞紐、內容與方式，進而歸納出意義體系，接著探求意義體系同它表述的古史體系是如何對應與貫通的。中國古史是成體系的，而漢字是成批地、成體系地產生的，漢字體系是在對於古史體系的表述中形成與發展的。漢字體系包括古形體系、古音體系、古義體系。其中，古義體系不但制約與貫通了古形體系與古音體系，而且協調著形、音、義體系對上古歷史作出紛繁多變的精妙完善的表述。這些複雜而完善的表述方式，使得形、音、義呈現出貫串《說文》全書的、富有規律的變化樣態。這種變化樣

態為採用整體貫通方法研究（說文）漢字體系提供了可能。這些深刻的論述為整體貫通的治學方法提供了理論依據，此書第二、三、四章就以《說文）的意義體系論證了「堯遭洪水」的上古史實，顯示了「整體貫通」方法的實踐價值。因此，此書從理論到實踐總結的漢字研究整體貫通方法，為漢字體系的跨學科探索作出了有益的借鑒。作者把詞義訓詁與中國上古史結合起來進行系統考察，也為漢語文化學的研究提供了一條新思路。

此書總結了文字訓詁與古代學術的根本傳統，首次發掘了唐堯故訓與六經皆史的實質，指出了唐堯故訓在中國學術文化史上的兩次整合復生，從根本上理清了訓詁學的淵源並闡發了訓詁學的文化學意義，論證了《說文》與六經相互貫通，共同積澱堯舜古訓的悠遠史實，開啟了文字訓詁與上古史相互滲透、整體系聯的研究新風，這必將在語言學和史學研究領域產生積極的影響。

在方法論問題上，作者對陸宗達、王寧兩先生在《訓詁方法論》一書中總結的訓詁方法，作了進一步的理論闡發。作者認為，「我們現在從事的比較互證，是繼承了訓詁的這些寶貴經驗，融入了現代科學的精神，以兩千年訓詁的輝煌終點作為全新的起點，在繼承傳統的基礎上實行革新與超越的。可以看出，這種訓詁學上的系統貫通之法，既不是自然科學的系統論，也不是西方語言學的義場論，而是帶著在昇華了中國學術文化的傳統之後形成的民族特點的精審的科學方法。」（183 頁）作者的這段話充分展示了中國學者對祖國傳統文化的珍視和責任感，也體現了中國學者堅持走自己的路，自立於世界學術之林的豪邁氣魄和科學精神。這對於從事傳統科學研究的同道，無疑具有啟迪作用。

在對字詞本義的研究中，作者屢有創獲。如對「前」的訓釋，可謂解千古大惑。不少學者對《說文》釋「前」為「不行而進」認為殊不合理。李孝定釋舟為盤，認為「前」的本義是洗足，但這一說法不能解釋甲骨文「前」有的字形從止從舟從行的現象。若將此字置於與洪水相關的歷史文化背景中，在與「舟」、「船」成一體的詞義系統內來加以考察，則完全合情合理。「前」從止在舟上，表示憑舟前進。「止」之「趾頭」向上，表示「向前」或「向上」，這與甲骨文中的「止」義相合，故「前」在造字之初不僅會「不行而憑舟前進」之意，而且含有「向上」，即由低處往高處運動的意義。這與作者所論證的洪水史實合若符節，捨此別無確詁。又如，章太炎先生《文始》曾指出「京」、

「丘」、「虛」為一聲之轉，作者不僅肯定這三個詞的韻母轉變符合古韻研究的結論，而且進一步指出這些語詞的派生遵循並貫串著共同的形象特徵，依託著同一個歷史文化背景。這三個詞都有「高土」或「大丘」之義，其形象特徵一是高，二是大，其歷史文化背景都是洪水時代，則「京」、「丘」、「虛」都是先民居住的山陵州島。這一見解是令人信服的。

此書主要以《說文》古訓與上古史互證，論證有理有據，說理透闢，材料翔實。若能汲取古文字考古成果來豐富和印證論題，當會更具說服力。如對「前」字本義的考定，甲骨文第一期的前六·二一·八、粹三八二、後下一一·一〇和一一·一一都有「行」作為意符，而甲骨文的「盤」與「舟」同形，若以「舟」釋為「盤」，則「行」符勢難理解。存一·一三七七的「止」符下有三短線象徵水，而「止」下為兩舟並連，這就從根本上否定了「納履」、「洗足」等望形生訓之說。作者有的論述由於缺乏古文字為借鑒，難免減弱說服力。如 112 頁說「堯舜古訓的『訓』字就是為了表述平治之後『貫穿通流』的河水順遂而行的史實、景象而創製的。」事實上，甲骨文無「訓」字，《金文編》也未有「訓」，《汗簡》和《古文四聲韻》始見「訓」之古文字形，可見「訓」之造字，不會早於春秋戰國時期。此字的產生距堯舜已數千年，用它來表述治水之後的史實就顯得牽強。第八章歸納與洪水有關的 13 個義系，其中的「驚懼」、「悲痛」、「憂慽」等義系是否完全與洪水有聯繫，也還需要進行斷代研究，分清其中各字詞產生的時代先後，然後再考查其造字的動機與參照的物象。因為產生這類情感的原因是多方面的，如火災、饑荒、風雪、野獸侵害等，都會引起人們情感的變化，都有可能成為造字的原因。論定聲兼義也須有充足的旁證材料。

任何創新都不可能十全十美，但唯有創新才可能開拓學術的未來。我們希望作者再接再厲，更進一竿，為詞義訓詁與史學跨學科研究作出更大貢獻。

原載《漢字文化》，2000 年第 3 期。

漢字文化的系統探索
——評劉志基《漢字文化綜論》

　　廣西教育出版社漢字研究新視野叢書的出版，標誌著漢字文化研究開始進入了系統探索的階段。劉志基先生所著《漢字文化綜論》堪稱系統探索漢字文化的一部代表性著作，此書由「文化蘊涵」、「文化塑造」、「理論方法」三大部分構成一個從微觀到宏觀，從實踐到理論的研究體系，這個體系對漢字作為歷史信息凝聚物的文化蘊涵，作為超越交際層次所具備的文化輻射功能，以及漢字文化作為研究對象的理論方法，都作了較為深入的探索，系統地提出了漢字文化學的性質、任務、地位的特點，為推動這門新興學科的進步和發展做出了一定的貢獻。

　　漢字文化學作為一門新興的邊緣學科，它的性質是什麼？目前尚未在理論上得到準確的說明。比較流行的說法是「從漢字入手研究中國文化，從文化學角度研究漢字」，作者認為這種說法並不科學。漢字文化學這門學科，既非單純地以歷史文化現象來解釋作為語言交際手段的漢字，也不是簡單地以漢字為材料來探究文化史的問題，它是「以漢字與語言交際以外的中國文化方方面面的聯繫作為研究對象的一門學科」，「這門學科有兩方面的任務：一是探究漢字自身構成與種種文化現象聯繫的規律；二是探究這種聯繫的內容」。（見 186～187 頁）漢字文化學的研究對象是否僅限於「漢字與語言交際以外的中國文

化方方面面的聯繫」還可以討論，不過，作者畢竟看到了基礎理論對於一門學科建設的重要性，而且率先提出了個人的看法，這就為深入研究開了一個頭。作者還進一步指出了這門學科的任務，在一定程度上明確了本學科的研究目的，儘管這個研究目的的界定仍有探討的餘地，但這對於學科建設具有方向性的理論意義則是顯而易見的。

　　此書對漢字字形、字音、字義的文化蘊涵以及漢字體系的文化底蘊作了精到的剖析，通過這些剖析揭示了漢字在不同層次上的文化功能和特色，這可以說是對近年來漢字文化實踐探索的一次理論總結。作者指出，漢字字形設計既成，則有關事物在造字時代的形象，包括其客觀真實形象或僅存於先民觀念中的主觀虛幻形象便凝固在字形中，造字者以具有某種聯繫的構字形象，訴諸人們的經驗和聯想來表現字義，這就不免包含著造字時代特定的文化信息。其次，漢語中的語源聯繫表現為漢字的音義聯繫，字音對於文化信息的蘊涵傳載有多種途徑。關於如何看待聲訓的文化蘊涵功能問題，作者認為，必須把聲訓在小學上的價值功用與其在文化蘊涵方面的價值功用區分開來。同一個漢字的多個聲訓相互矛盾對立，不能以是非判斷的眼光去看待，因為它們實際上是人們在不同時代，立足於不同視角對該漢字的音義關係作出的多種解釋，雖然不可能全都準確地揭示漢字語源，卻完全有可能是不同歷史層面文化信息的揭示。這是十分有見地的。長期以來，小學家們對《說文》、《釋名》中與語源不合的聲訓材料一概斥為謬說，殊不知這些所謂「謬說」正是漢字文化研究的寶藏，因為這些聲訓代表了不同時期人們的觀念形態與漢字字音的內在聯繫。現在作者從理論上加以闡述剔發，就為漢字聲訓的文化研究鋪平了道路。再次，漢字不同字義層面各具特點，因而同字異義的相互聯繫、理性意義與聯想意義的關係、字義的全息內涵及漢字的構詞意義等不同層面上其文化蘊涵功能也就不一樣。從字形產生聯想而追溯其文化蘊涵，大致有四種類型：一是以原因為線索，二是以功能為線索，三是以性質為線索，四是以具象為線索。如果進一步探索，絕不止於這四種類型。作者以發凡示例的方式指出理性意義與聯想意義的聯繫方式，為多方面挖掘漢字的文化底蘊提供了富有啟發性的思路和卓有成效的例證。作者還指出字義的具體歷史內涵是一個動態的概念，因而在不同歷史時代可能具有不同的具體內容，這就需要研究者對漢字文化研究引入斷代觀念。在當前的漢字文化研究中，籠

統地說某個漢字具有某種文化特徵其實是毫無意義的，因為特定文化特徵必定是特定時代的表徵。這一點尤其應當引起注意。最後，能夠反映出某種文化現象的漢字體系主要具備以下特性：第一，表詞方式的特性。漢字表意的特性是就造字的動機而言，並非就客觀結果而論；漢字表意特性是就體系而言，並不意味著每個漢字都一定表意；所謂表意也並非必須完整明晰，字形常常只是意義的提示。這是比較客觀、比較實事求是的估計。第二，字形構成的特性。某一特定漢字之所以構成這樣的形式，是特定文化造就的。第三，字形體態的特徵。漢字的方塊形態及其構字的若干原則，也是特定文化因素作用所致。第四，字義體系的特性。漢字體系負載的概念體系實際上就反映了使用這些概念的人群對世界的認知與理解。此外，作者還對漢字與文化的流變、漢字文化蘊涵的兩重性以及漢字文化塑造的特點進行了論述。特別值得一提的是作者對於訛變的見解。作者認為，訛變很容易將其視為單純的傳寫訛誤，實際上字形的訛變不乏具有文化蘊涵的探究價值，這是獨具隻眼的灼見。

此書在實踐研究方面成果豐碩，這主要體現在上篇文化蘊涵考所列舉的大量實例中。例如對「侄」、「姑」文化淵源的考證就具有較強的科學性，從方言稱謂到文獻材料，直至同字異體的構形理據，都有力地論證了古代媵制的存在。又如證「廌」為羊屬，既列舉了《說文》、《說文解字注》、《神異經》、《論衡》、《後漢書》等文獻材料，又舉出了《韻會》、《字彙補》獬豸從羊的異體字證據，使「廌」為獨角神羊的文化來源更為可信。其他如對服色、冠制的探討，也多勝解。這些理據確鑿的說解，為漢字文化的實踐研究做出了成功的範例。

漢字文化學作為一門新興的邊緣學科，其理論體系的建構是一個需要眾多學者共同努力的艱巨工程，因而要求此書在漢字文化理論研究成果尚不豐富的情況下構建一套成熟完整的理論體系顯然是不切實際的。誠如作者所言，此書下篇與上、中篇雖然具有邏輯聯繫，但這種聯繫比較鬆散（見第7頁），且下篇闡述理論原則所列舉的論據，往往又是上、中篇考證的材料，這就造成了重複累贅，反而不如先提出理論原則，然後以單字、字組、字系的考據來支持理論那樣明快簡潔，結構緊湊。有的看法不無商榷餘地，如認為明紐之字，其義多與陰界事物有關，然明紐之字與陰界事物無關者更多，很難說「廟」為明母就一定與陰界有意義聯繫。「廟」從朝得聲，但聲符未必兼義，《說文》「廟」的古

文作「庿」,《古文四聲韻》古文字形從水,都不能支持「廟乃陰界祖先之朝」的論點。此外,技術處理方面亦應盡量減少失誤,如 181 頁 19 行所引歌謠,「清」、「上」乃「青」、「卜」之誤,213 頁 4 行「出」、「各」二字的甲骨文錯誤等等。

　　通觀全書,作者對漢字文化的各個方面作了較為全面的探討,在實踐研究上取得了豐碩成果,在理論上提出了富有特色的見解,對這門學科的進步具有明顯的推動作用。從單字、字組到字系的文化蘊涵的發掘,提供了微觀與宏觀相互結合,全面觀照漢字文化的研究範例。從漢字與人的思維特點,與漢語的深厚淵源,與中國文學藝術的渾然一體,顯示了漢字文化功能強大的生命力。對漢字體系文化底蘊的開掘和闡發,從理論上確立了漢字文化功能的本體系統觀。作者提出的點面聯繫、曲回聯繫、類推聯繫等思想方法,以及不同文字現象的文化功能互證,漢字文化功能與文獻記載互證,漢字文化功能的語言材料印證,漢字文化功能與諸文化研究學科研究成果互證等研究方法,都為進一步的深入研究提供了借鑒。

原載《漢字文化》,2002 年第 4 期。

「法律」詞源商斠

　　《漢字文化》2002 年第 3 期所載張玉梅同志《從漢字看古代「法」「律」的文化內涵》一文認為「『法律』這個雙音詞是一個年輕的外來詞彙，借自日語（日語又是由英語單詞 law 意譯而來）」。這種看法帶有普遍性，值得提出來討論。首先，「詞彙」是指特定語言的詞的總匯，稱某個語詞為詞彙是不恰當的。其次，說「法律」這個詞年輕吧，至少也有約 2000 年的歷史。再次，說它是外來詞吧，老祖宗的遺產，到外國轉了一圈，是否真就成了外來詞？數年前有位同志對我說，魯迅作品喜歡用「紹介」而不用「介紹」，這「紹介」原來是借自日語的外來詞。我說，《戰國策·趙策》平原君有句話「勝請為紹介而見之於先生」，請問這個「紹介」是否從日語借來的？看來，要弄清「法律」一詞的來源，先得大致瞭解中日文化交流的概況。

　　中日文化的交流源遠流長，歷史上有幾次大規模的日語吸收漢字書寫的詞語的高潮。日語語詞的讀音有所謂「吳音」，表明六朝時期我國南方漢語傳入日語的語詞至今仍保留在現代日語中。還有所謂「漢音」，凡讀漢音的日語詞，都是隋唐時期借自我國北方的漢語詞。此外，明代我國沿海一帶的漢語詞也大量進入日語，這就使現代日語裏包涵了不同歷史層次的漢語語詞。晚清至五四運動以後的一段時期，不少中國人去日本，帶回不少日語語詞。這些語詞中，有相當一部分就是歷史上日語吸收的漢語借詞。因此，對晚清和五四以來進入漢語的日語詞，若要探究其詞源，必須作個案調查。

　　張玉梅同志的觀點主要依據劉正埮等編著的《漢語外來詞詞典》。該詞典第 95 頁除標明源於日語，意譯自英語 law 之外，還列出了古漢語來源《管子・七臣七主》和《淮南子・主術訓》兩條書證。但是，《管子》並非管仲所作，現在流傳的《管子》經西漢劉向整理編輯，集中了戰國秦漢幾個時代的文字材料，因此，《七臣七主》所載「法律政令者，吏民規矩繩墨也」這個語句中的「法律」，不能確定它是先秦語詞。至於《淮南子》為西漢淮南王劉安及其門客所編，其用例的時代就更晚了。那麼，「法律」一詞究竟最早出現於何時？它是怎樣形成的呢？

　　據目前所能涉及的文字資料，可以肯定「法律」這個雙音詞出現於戰國晚期。它的形成，一方面是社會的進步；另一方面是詞義的變化。根據人類社會發展的普遍規律可知，法律並非從來就有，也不可能永世長存，它是伴隨著私有制的產生而來的。我國商代已是奴隸制社會，但出土的甲骨文中尚未發現「法」字，金文有「灋」，從大、從口、從水、從廌。從字形可知，遠古時代的灋，跟人（「大」是人正面的象形符號），跟言語（口是言語的發音器官），跟水（水的特徵是平），跟動物（廌是一種獨角獸）有關。東漢許慎所撰《說文解字》解釋「灋」的意義為：「刑也。平之如水，從水、廌，所以觸不直者去之，從去。」廌是山牛，還是羊，尚無定論。靠動物來評判是非多少帶有原始的神秘色彩，而「觸不直者去之」則是對敗訟者的懲罰，這是私有制萌芽時期的「法」（「法」是「灋」的簡體）。隨著階級和國家的出現，「法」成為統治階級維護統治權力，協調社會矛盾，鎮壓被統治階級的工具，這就必然與「刑」發生關係。《說文解字》對「刑」的解釋是：「剄也。」清代學者段玉裁進一步解釋說：「按：刑者，五刑也。凡刑罰、典刑、儀刑皆用之。刑者，剄頸也，橫絕之也。此字本義少用，俗字乃用刑為刑罰、典刑、儀刑字。」段玉裁的見解不錯，「刑」的本義是割斷頸項，引申為懲罰措施或懲罰的依據，這引申義也就是早期國家所謂「法」的基本含義。《尚書・呂刑》載：「苗民弗用靈，制以刑，惟作五虐之刑曰法。」這「法」其實就是指割去耳朵、鼻子、生殖器，在人臉上刺字的懲罰措施。《呂刑》還有句話是：「惟察惟法，其審克之。」偽孔安國傳：「惟當清察罪人之辭，附以法理，其當詳審能之。」這「法」就是懲罰的依據。《盤庚》載：「盤庚斆於民，由乃在位，以常舊服，正法度。」唐代學者孔穎達解釋說：「盤庚先教於民云：汝等當用汝在位之命，用舊常故

事正其法度。欲令民徙，從其臣言也。民從上命即是常事法度也。」可見商代出現的雙音詞「法度」，指的是統治者的命令。「法」作為懲罰的措施或依據，要求「平之如水」，最終必然以規則的形式來體現，因而「規則」也就成為「法」的引申義。《大誥》「若考作室，既底法，厥子乃弗肯堂，矧肯構？」這「法」指建房的規則；「越天棐忱，爾時罔敢易法。」這「法」指自然運行的規則。除去偽《大禹謨》和《君陳》中各出現 1 次不論，「法」在《尚書》中共有以上 4 種意義。

　　構成雙音詞「法律」的另一個詞素「律」，在先秦漢語中是一個可以獨立運用的單音詞。甲骨文和金文尚未發現「律」，《說文解字》釋為「均布也」。段玉裁認為：「律者，所以範天下之不一而歸於一，故曰均布也。」《周易》師卦初六爻辭：「師出以律，否臧凶。」王弼、韓康伯注：「齊眾以律，失律則散，故師出以律。」孔穎達疏：「師出以律者，律，法也。初六為師之始，是整齊師眾者也。既齊整師眾，使師出之時當須以其法制整齊之，故云師出以律也。」孔穎達把「律」解釋為「法」、「法制」，其實就是治軍的「規則」。「律」在《尚書》中共出現 4 次，除去偽《微子之命》出現的 1 次不論，《舜典》「聲依永，律和聲」，《益稷》「予欲聞六律、五聲、八音」，這兩句的「律」都指用來定音的儀器。《舜典》：「協時月正日，同律度量衡。」偽孔安國傳：「律，法制。」孔穎達疏：「諸國協其四時氣節、月之大小，正其日之甲乙，使之齊一。均同其國之法制，度之丈尺，量之斛斗，衡之斤兩，皆使齊同，無輕重大小。」偽孔傳和孔穎達都把「律」解釋為「法制」，這「法制」的含義其實就是統一曆法和度、量、衡的規則。「律」在《周易》中共出現 3 次，都是「規則」之義，與「法」在《尚書·大誥》中的意義相同。由於單音詞「法」和「律」都有「規則」義，這就成為兩者結合為雙音詞的內在因素。從理論上說，雙音詞「法律」在西周就有出現的可能，但社會交際是否迫切需要是決定它產生的重要外因。

　　春秋戰國時期，漢語語詞的雙音化漸成趨勢。以「法」為例，《左傳》有「法度」、「法制」、「法罪」、「國法」、「刑法」；《墨子》有「法令」、「法儀」、「刑法」；《莊子》有「法度」、「法式」、「法則」、「法律」；《荀子》有「法度」、「法式」、「法令」、「法則」、「法數」、「法教」、「法正」、「法禮」、「法士」、「國法」、「義法」、「禮法」、「師法」、「刑法」；《韓非子》有「法度」、「法令」、「法式」、「法制」、「法數」、「法禁」、「法闈」、「法術」、「法律」、「國法」。以上情

況表明，由於生產力的發展和社會結構的進步，社會交際涉及有關「法」的內容越來越多，越來越細，僅靠單音詞「法」已遠不能適應細緻區分概念的交際需要，因而「法」與其他詞素構成的雙音詞持續增長，這在客觀上為雙音詞「法律」的產生提供了有利條件。《莊子·徐無鬼》有「法律之士廣治，禮教之士敬容，仁義之士貴際」這段文字，但是，這段文字裏的「法律」與《管子》裏的「法律」同樣不可靠。因為只有《莊子》內篇才是莊子本人所撰，至於外篇和雜篇都是後人偽託，這已是學術界的共識，《徐無鬼》既是雜篇之一，那麼，文中的「法律」當然不能視為詞源。

在可靠的先秦傳世文獻中，「法律」有 2 例：

1.《韓非子·飾邪》：「明於治之數，則國雖小，富；賞罰敬信，民雖寡，強。賞罰無度，國雖大，兵弱者，地非其地，民非其民也。無地無民，堯舜不能以王，三代不能以強。人主又以過予，人臣又以徒取。捨法律而言先王明君之功者，上任之以國。」

2.《呂氏春秋·離謂》：「子產治鄭，鄧析務難之，與民之有獄者約：大獄一衣，小獄襦袴。民之獻衣襦袴而學訟者，不可勝數。以非為是，以是為非，是非無度，而可與不可日變。所欲勝因勝，所欲罪因罪，鄭國大亂，民口喧嘩。子產患之，於是殺鄧析而戮之，民心乃服，是非乃定，法律乃行。」

1975 年，湖北雲夢睡虎地十一號秦墓出土一批時代為秦昭王元年（前 306年）至秦始皇三十年（前 217 年）的竹簡。竹簡內容包括《秦律十八種》、《效律》、《秦律雜抄》、《法律答問》，這些出土文獻有力地證明戰國末期出現「法律」一詞具有深厚的社會現實基礎，同時也證明當時「法律」一詞已具備接近現代「法律」的意義內涵。雲夢秦簡《語書》有「法律」1 例：

「是以聖王作為法度，以矯端民心，去其邪避（僻），除其惡俗。法律未足，民多詐巧，故後有間令下者。」

另有三音節詞「法律令」，出現 6 次。

韓非卒於公元前 233 年，呂不韋卒於前 235 年，他們都是戰國晚期人，與雲夢秦簡的時代相當，因此，完全可以肯定「法律」是漢語固有的語詞，此詞始見於戰國晚期的文獻。

原載《漢字文化》，2002 年第 4 期。

說「新婦」、「媳婦」

　　《現代漢語詞典》1996 年版「新婦」條：「①新娘。②〈方〉指兒媳。」實際上，「新婦」在方言中不僅有「兒媳」義，而且有「妻子」義。吳語區有常州、蘇州、常熟、寶山霜草墩、寶山羅店、南匯周浦、上海、松江、吳江黎里、吳江盛澤、嵊縣崇仁、嵊縣太平、餘姚、寧波、溫州等 15 個方言點，客贛方言區有修水、波陽、樂平、橫峰、奉新、新餘、東鄉、臨川、南豐、宜黃、永豐、上猶、南康、雩都等 14 個方言點，這些方言都稱「弟弟的妻子」為「弟新婦」，那麼「新婦」的「妻子」義從何而來？《現代漢語詞典》「媳婦」條：「①兒子的妻子。也叫兒媳婦兒。②晚輩親屬的妻子（前面加晚輩稱呼）：侄~／孫~。」「媳婦兒」條：「〈方〉①妻子。②泛指已婚的年輕婦女。」廣大北方方言區的人稱「弟弟的妻子」為「弟媳婦」或簡稱「弟媳」是不爭的事實。南方方言如吳語區的金壇、丹陽、丹陽後巷鄉童家橋、無錫、杭州皆稱「弟弟的妻子」為「弟媳婦」。事實是，「媳婦」不論是否兒化，在不少方言裏都有「妻子」義，在有的方言裏還兼有「妻子」與「兒子的妻子」兩義。李榮先生主編的《現代漢語方言大詞典》所選擇的 41 個方言點，其中就有哈爾濱、濟南、萬榮、西寧、西安、成都、銀川、烏魯木齊 8 個點以「媳婦」兼表「妻子」和「兒子的妻子」兩義，不僅如此，這在西南官話區更是普遍的語言事實：

　　1.「公公背媳婦，背起走人戶。」

　　2.「岔岔褲，偷蘿蔔；封襠褲，接媳婦。」

以上是西南地區廣為流行的順口溜，「媳婦」在第 1 句中為「兒子的妻子」的泛稱，在第 2 句中為「妻子」的泛稱。對已婚婦女的丈夫或丈夫的父母親，可以問：「你媳婦在屋頭沒有？」這句話裏的「媳婦」用於「妻子」或「兒子的妻子」的背稱。現代漢語方言裏「新婦」、「媳婦」的這些意義和用法，都可以從古代文獻用例中找到來源。「新婦」在先秦傳世典籍裏凡 6 見，都是「新娘」義。最早於《戰國策・衛策・衛人迎新婦》出現 2 次：

> 衛人迎新婦，婦上車，問：「驂馬，誰馬也？」御曰：「借之。」

> 新婦謂僕曰：「拊驂，無笞服。」

《呂氏春秋卷第十八・審應覽第六・不屈》出現 4 次：

> 白圭告人曰：「人有新取婦者，婦至，宜安矜煙視媚行。豎子操蕉火而鉅，新婦曰：『蕉火大鉅。』入於門，門中有斂陷，新婦曰：『塞之，將傷人之足。』……」惠子聞之曰：「……父母之教子也，豈待久哉？何事比我於新婦乎？《詩》豈曰『愷悌新婦』哉？」

《史記》和《漢書》沒有「新婦」一詞，但西漢焦贛《易林・同人・渙》「娶於姜昌，駕迎新婦」裏的「新婦」仍是「新娘」義。東漢末，「新婦」開始用來泛稱婦女，應劭《風俗通義・怪神・世間多有精物妖怪百端》：「樓上新婦，豈虛也哉！」王利器校注：「漢魏六朝人通稱婦為新婦，故上文言婦，此又言新婦也。」直到東晉，「新婦」產生了新義，郭璞在《爾雅・釋親》「女子謂兄之妻為嫂，弟之妻為婦」下注：「猶今言新婦是也。」可見「新婦」就是「弟之妻」。

南朝宋時，「新婦」不僅作為「已婚婦女」的泛稱，而且作為「已婚婦女」的自稱、丈夫對妻子的面稱、妻子面對丈夫的自稱、丈夫的父親對兒媳的面稱。劉義慶《世說新語》「新婦」凡 10 見，其中 3 次為「新娘」義，1 次為「已婚婦女」的泛稱：

《賢媛》：「初允被收，舉家號哭。阮新婦自若，云：『勿憂。』尋還。」

還有 1 次是丈夫對妻子的面稱：

《賢媛》：「王公淵娶諸葛誕女，入室，言語始交，王謂婦曰：『新婦神色卑下，殊不似公休。』」

3 次為「已婚婦女」自稱：

1.《文學》:「王夫人因自出,云:『新婦少遭家難,一生所寄,唯在此兒。』」

2.《規箴》:「王平子年十四五,見王夷甫妻郭氏貪欲,令婢路上儋糞。平子諫之,並言不可。郭大怒,謂平子曰:『昔夫人臨終,以小郎囑新婦,不以新婦囑小郎。』」

2 次為妻子面對丈夫自稱:

1.《排調》:「王渾與婦鍾氏共坐,見武子從庭過,渾欣然謂婦曰:『生兒如此,足慰人意。』婦笑曰:『若使新婦得配參軍,生兒故可不啻如此。』」

2.《賢媛》:「許因謂曰:『婦有四德,卿有其幾?』婦曰:『新婦所乏唯容爾。然士有百行,君有幾?』」

范曄《後漢書·列女傳》載:「沛郡周郁妻者,同郡趙孝之女也,字阿。少習儀訓,閑於婦道,而郁驕淫輕躁,多行無禮。郁父偉謂阿曰:『新婦賢者女,當以匡道夫。郁之不改,新婦過也。』」這句話裏的「新婦」,是周郁之父周偉對兒媳(即周郁的妻子)的面稱。

南朝梁時,「新婦」又用為對兒媳的背稱。《世說新語·賢媛》梁代劉孝標注引《晉諸公贊》:「(賈)充母柳氏將亡,充問所欲言者,柳曰:『我教汝迎李新婦尚不肯,安問他事!』」這句話裏的「新婦」,就是賈充屏退的妻子,賈母柳氏的兒媳。陳代徐陵《玉臺新詠·古詩無名人為焦仲卿妻作》「新婦」凡 10 見,其中 1 例為「新娘」義(「新婦入新廬」),另 1 例為「已婚婦女」自稱(「新婦初來時」),其餘 8 例均是「已婚婦女」的泛稱。可見南朝時期「已婚婦女」的泛稱和自稱是「新婦」較常見的意義和用法,其次還產生了丈夫對妻子的面稱、妻子對丈夫的自稱,以及作為「兒媳」的面稱與背稱的新意義和新用法。

唐、五代時期,「新婦」既承續了東晉以來「弟弟的妻子」的意義,如崔令欽《教坊記》「即所聘者,兄見呼為新婦,弟見呼為嫂也」,又保持了南朝出現的「兒子的妻子」的意義,如李冗《獨異志》「郭太后貴極,綿連八朝帝王:代宗外孫,德宗外甥,順宗新婦,憲宗皇后,穆宗之母,敬宗、文宗、武宗三宗祖母。」「已婚婦女」的泛稱仍較常見,唐詩人王建的 522 首詩中「新婦」共出現 7 次:

1.《失釵怨》:「雙杯行酒六親喜,我家新婦宜拜堂。」

2.《賽神曲》:「新婦上酒勿辭勤,使爾舅姑無所苦。」

3.《去婦》:「新婦去年胼手足,衣不暇縫蠶廢簇。」

4.《田家留客》:「遠行僮僕應苦饑,新婦廚中炊欲熟。」

5.《簇蠶辭》:「新婦拜簇願繭稠,女灑桃漿男打鼓。」

6.《春燕詞》:「黃姑說向新婦去,去年隨子污衣箱。」

7.《賞牡丹》:「晚態愁新婦,殘妝望病夫。」

第1例的「新婦」為「新娘」義,第2例為「兒子的妻子」義,其餘5例均是「已婚婦女」的泛稱。此外,「新婦」附加後綴「子」,泛指婦女,如《廣異記》「率村人掘糞堆中,深數尺,乃得一緋裙白衫破帛新婦子」。唐末,「新婦」可用為丈夫在他人之前謙稱自己的妻子,如杜光庭《虬髯客傳》「李郎相從一妹,懸然如磬。欲令新婦祗謁,兼議從容,無前卻也」,句中「新婦」是虬髯客在人前對妻子的謙稱。

宋代,作為「弟弟的妻子」義的「新婦」可用於面稱,且可在其前冠以排行數詞,如陳鵠《耆舊續聞》卷三:「恭公弟婦,王冀公孫女,曾出也。歲旦,拜恭公,恭公迎謂:『六新婦,曾三除從官,喜否?』」作為「兒子的妻子」義的「新婦」可用於泛稱,如普濟《五燈會元卷十九·九頂清素禪師》:「顛倒顛,顛倒顛,新婦騎驢阿家牽。」(按:「阿家」:婦稱夫之母)此外,「新婦」還用於卑稱,吳曾《能改齋漫錄·息婦新婦》:「王彥輔《麈史·辨誤門》云:按今之尊者斥卑者之婦曰新婦,卑對尊稱其妻,及婦人自稱者,則亦然,……而不學者輒易之曰息婦,又曰室婦。」這裡提到了與「新婦」異稱的「息婦」,「息婦」始見於唐人作品。北宋李昉等編輯的《太平廣記》卷一二二引唐人溫庭筠《乾饌子·陳義郎》:「(郭氏)啟姑曰:『新婦七八年溫清晨昏,今將隨夫之官……然手自成此衫子,上有剪刀誤傷血痕,不能擀去,大家見之,即不忘息婦。』其姑亦哭。」這段話裏的「新婦」和「息婦」顯見為同義避複,據王彥輔「不學者輒易之曰息婦」,可知「息婦」是當時的俗語,與「新婦」同用於「兒媳」對丈夫之母的自稱而雅、俗色彩不同。

而且「息婦」與「子婦」的用法也不一樣,張師正《括異志·孫翰林》:「楊內翰偉郡封坐堂上,見一老嫗,篷髻敝衣,逕入子舍。詢何之,不應。頃之,復出,語云:『郎君教我來,老息婦不敢自專。』遽呼左右逐之,出中闈,即不見。乃召子婦詰之,云:『老嫗言,來日郎君欲就息婦房中宴飲。』」此段話裏先出現的「息婦」是「已婚婦女」的自稱,「子婦」為「兒子的妻子」的泛稱,

後出現的「息婦」則是「兒媳」對丈夫之父的自稱，且「息婦」與「媳婦」也有區別，孟元老《東京夢華錄・娶婦》：「凡娶媳婦，先起草帖子，兩家允許，然後起細帖子。」此「媳婦」為「兒子的妻子」的泛稱，與「息婦」對丈夫父母的自稱用法不同。

元襲宋例，「媳婦」繼承了「息婦」作為「已婚婦女」自稱的用法，如《京本通俗小說・西山一窟鬼》「婆子道：『老媳婦犬馬之年七十有五，教授青春多少』。「媳婦」還產生了「妻子」新義，如李壽卿《伍員吹簫》第三折「剛一味胡支對，則向你媳婦根前受制」。「媳婦」還可作丈夫之父對「兒子的妻子」的背稱，如《元史・后妃傳二・裕宗后伯藍也怯赤》「后性孝謹，善事中宮，世祖每稱之為賢德媳婦」。「媳婦」加兒尾既可作「妻子」的泛稱，如無名氏《漁樵記》第二折「朱買臣養活不過媳婦兒，來廝打哩」，又可作丈夫之母對「兒子的妻子」的面稱，如關漢卿《竇娥冤》楔子「媳婦兒，你在我家，我是親婆，你是親媳婦，只當自家骨肉一般」。「媳婦」加兒尾還可用於「已婚婦女」自稱，如王仲文《救孝子》第一折「楊大今日臨行也，與我這把刀子，著與我兄弟去。媳婦兒便道：妳妳和小叔叔知道麼？』楊大道：『不知道』」。

自宋代「媳婦」廣泛運用以後，「新婦」逐漸式微。明、清兩代，「媳婦」大盛，《金瓶梅》、《水滸傳》、《紅樓夢》裏全然沒有「新婦」的痕跡。

明代，「媳婦」仍用於「已婚婦女」自稱，如《古今小說・楊思溫燕山逢故人》「二人大驚，問：『婆婆如何得知？』婆子道：『媳婦見鄭夫人說』」。「媳婦」加兒尾不僅沿襲了元代產生的「妻子」義，用於丈夫背稱妻子，如《金瓶梅》第六十一回「今日與媳婦兒商議，無甚孝順，治了一杯水酒兒，請老爹過來坐坐」，而且把加兒尾後的「媳婦兒」用作「兒子的妻子」的泛稱，如《金瓶梅》第十二回「也是一家子新娶個媳婦兒，是小人家女兒，有些手腳兒不穩」。另外，「媳婦」、「媳婦兒」、「媳婦子」都產生了泛稱「已婚女僕」的新義新用法：

1.《金瓶梅》第九回：「月娘叫丫頭拿個坐兒教他坐，分付丫頭媳婦趕著他叫五娘。」

2.《金瓶梅》第二十六回：「西門慶見了他，回嗔作喜道：『媳婦兒，不關你事，你起來。』」

3.《金瓶梅》第二十三回：「你這媳婦子，俺每在這裡擲骰兒，插嘴插舌，

有你甚麼說處！」

「媳婦子」還用於丈夫對妻子的背稱，《二刻拍案驚奇》第三十八回：「恰好楊二郎走出來，徐德一把扭住道：『你把我家媳婦子拐在那裡去藏過了？』」此段話裏的「媳婦子」是徐德對自己妻子的背稱。

到清代，「媳婦」進一步用於「已婚婦女」的泛稱：

1.《紅樓夢》第五十二回：「那媳婦聽了，無言可對，亦不敢久立，賭氣帶了墜兒就走。」句中「媳婦」指墜兒的母親。

2.《紅樓夢》第六十九回：「正值賈母和園中姊妹們說笑解悶，忽見鳳姐帶了一個標緻小媳婦進來。」句中「小媳婦」指與賈璉同居的尤二姐。

「媳婦」還保持了「已婚女僕」的泛稱：

1.《紅樓夢》第三十一回：「果見史湘雲帶領了眾丫環媳婦，走進院來。」

2.《紅樓夢》第七十七回：「那幾個媳婦不由分說，拉著司棋便出去了。」

「媳婦」還繼承了元代以來的「妻子」義，並且產生了多種用法：

1.「妻子」的泛稱，如：

《紅樓夢》第四十七回：「黑早，賴大的媳婦又進來請。」

《醒世姻緣傳》第十九回：「晁住娘子道：『這是前頭小鴉兒的媳婦。』」

《老殘遊記》第四回：「那莊上有個財主，叫于朝棟，生了兩個兒子，一個女兒。二子都娶了媳婦。」

2.「妻子」的背稱，如：

《紅樓夢》第十三回：「賈珍忙笑道：『……侄兒媳婦偏又病倒，我看裏頭著實不成個體統。』」句中「媳婦」乃賈珍對邢、王兩夫人稱自己的妻子尤氏。

《紅樓夢》第四十七回：「賈璉陪笑道：『見老太太頑牌，不敢驚動，不過叫媳婦出來問問。』」此句的「媳婦」指賈璉之妻王熙鳳。

3.「兒子的妻子」的面稱，如：

《紅樓夢》第四十七回：「賈母道『……你一個媳婦雖然幫著，也是天天丟下笆兒弄掃帚。』」此句的「媳婦」是賈母面稱兒媳邢夫人。

《紅樓夢》第八十回：「薛姨媽聽說，氣的身戰氣煙，道：『這是誰家的規矩？婆婆這裡說話，媳婦隔著窗子拌嘴。』」此句是薛姨媽對其兒媳夏金桂說的話。

4.「兒子的妻子」的背稱，如：

《紅樓夢》第十一回：「尤氏道：『你冷眼瞧媳婦是怎麼樣？』」句中「媳婦」乃尤氏對王熙鳳稱其兒媳秦可卿。

《紅樓夢》第十回：「賈珍道：『……既有這個人，媳婦的病或者就能好了。』」句中「媳婦」乃賈珍對尤氏、賈蓉稱其兒媳秦可卿。

5.「子輩親屬的妻子」的背稱，如：

《紅樓夢》第十一回：「鳳姐兒說：『蓉哥兒，你且站住。你媳婦今日到底是怎麼著？』」此句「媳婦」指秦可卿。

《紅樓夢》第十一回：「於是鳳姐兒就回來了。到了家中，見了賈母，說：『蓉哥兒媳婦請老太太安。』」此句「媳婦」也指秦可卿。

6.「孫輩親屬的妻子」的面稱，如：

《紅樓夢》第七十六回：「賈母便又說：『珍哥媳婦也趁著便就家去罷，我也就睡了。』」此句「媳婦」是賈母當面稱其侄孫媳尤氏。

7.「孫輩親屬的妻子」的背稱，如：

《紅樓夢》第四十七回：「你媳婦和我頑牌呢，還有半日的空兒，你家去再和那趙二家的商量治你媳婦去罷。」此句的「媳婦」是賈母對賈璉稱其孫媳王熙鳳。

另外，「媳婦」加兒尾，也可表「妻子」、「晚輩親屬的妻子」等義，例如：

1. 表「妻子」義：《紅樓夢》第七十三回：「當時住兒媳婦兒方慌了手腳。」「媳婦兒」：住兒的妻子。

2. 表「晚輩親屬的妻子」義：《紅樓夢》第十一回：「王大人道：『前日聽見你大妹妹說，蓉哥兒媳婦兒身上有些不大好，到底是怎麼樣？』」「媳婦兒」：賈蓉的妻子。

「媳婦」加子尾既可用於「已婚女僕」的泛稱，如《紅樓夢》第三十六回「剛至廊簷，只見有幾個執事的媳婦子正等他回事呢」，又可泛稱未婚女人，如《紅樓夢》第六回「我們姑娘年輕媳婦子（按：劉姥姥稱其女），也難賣頭賣腳的。」

通過以上考察，本文初步勾勒出了「新婦」與「媳婦」在不同歷史時期意義、用法的基本情況，「媳婦」雖較「新婦」晚出一千多年，但在現代口語和書面語中都佔有明顯的優勢。「新婦」只是作為「語言化石」保留在一些南方方言

中，它的「妻子」義面稱始於南朝宋代，背稱起於唐末。「媳婦」的「妻子」義背稱始於元代，泛稱起於清代；它的「兒子的妻子」義背稱始於元代，泛稱起於明代。但明代的泛稱有兒尾（也可能是兒化標誌），現代好些方言沒有兒化，亦無兒尾，這表明這些方言保持了較早的形態。

原載《漢字文化》，2003 年 3 期。

漢字排列的超文本信息

漢字排列的順序不同，表達的信息就不一樣；同一漢字序列，解讀的方向和順序不同，獲取的信息內容也不一樣。因此，漢字的不同排列形式與解讀方法直接影響人們對信息的獲取與理解。由於每個漢字都有獨立的意義，漢字文本在理論上可以從任何一個方向進行識讀，多向識讀必然獲得多種信息，但這些信息未必是文本排列者的本意。利用漢字文本的形式特徵，可以使信息表達的方式多樣化，也可以使漢字序列表達的信息多層次化。

中國古代文本有一種排列形式叫「互文」，它由若干漢字序列構成，這些漢字序列中有的漢字信息相互補充，構成超文本信息。超文本信息實質上是識讀者與文本排列者的一種默契。例如：

1. 將軍角弓不得控，都護鐵衣冷難著。（岑參《白雪歌送武判官歸京》）
2. 思家步月清宵立，憶弟看雲白日眠。（杜甫《恨別》）
3. 大城鐵不如，小城萬丈餘。（杜甫《潼關吏》）
4. 雄兔腳撲朔，雌兔眼迷離。（《木蘭辭》）
5. 君子約言，小人先言。（《禮記·坊記》）
6. 西南得朋，乃與類行；東北喪朋，乃終有慶。（《周易·坤卦·彖傳》）

如果僅從漢字序列的既定形式去理解，識讀者所獲得的信息是不完全甚至錯誤的。第1例的「將軍」與「都護」，第2例的「思家」與「步月」，在語義上分別相互補充，它們傳達的信息超出了文本通常負載的信息含量，所以在識

讀第 1 序列的第一個語詞時需要與第 2 序列的第一個語詞相系聯，理解為：將軍都護角弓不得控，都護將軍鐵衣冷難著；思家憶弟步月清宵立，憶弟思家看雲白日眠。這叫做類義互補。第 3 例的「大城」與「小城」，第 4 例的「雄兔」與「雌兔」，分別相互補充。應當超越既定序列，理解為：大城小城鐵不如，小城大城萬丈餘；雄兔雌兔腳撲朔，雌兔雄兔眼迷離。這叫做對義互補。第 5、6 兩例有省略的成分，因此識讀的難度較大。「約」與「多」，「先」與「後」語義相反而互相補充，但「多」、「後」未出現。「乃」與「不」，「有」與「無」，分別一表肯定，一表否定，但「不」、「無」也未出現。這兩個漢字序列應當分別理解為：君子約而後言，小人多而先言；西南得朋，乃與類行，而終無慶；東北喪朋，不與類行，乃終有慶。這樣一來，超文本信息量與漢字序列通常負載的信息量差距太大，文化水平有限的識讀者就很難洞察文本排列者的真實意圖了。互文因為其信息的超文本特徵而被中國古代文學家運用來作為豐富文本意蘊的形式手段，這種形式手段超越了通常言語交際的層次而上升為審美層次，這就給識讀者提供了更主動更靈活的閱讀方向，從而大大提高了漢字序列的信息量。例如杜甫《春望》詩裏的「感時花濺淚，恨別鳥驚心」，按照語義邏輯允許的識讀方式可能產生四種不同的理解：

感時恨別花濺淚，恨別感時鳥驚心；

感時花鳥濺淚，恨別鳥花驚心；

感時花濺淚驚心，恨別鳥驚心濺淚；

感時恨別花鳥濺淚驚心。

從言語交際的層次看，這是漢字序列的歧義現象；從文本的審美層次著眼，互文的多向解讀拓寬了漢字序列的藝術空間。

漢字的排列順序與識讀方向在商代晚期還比較自由，識讀卜辭通常按照如下順序：A. 從上到下；B. 從下到上；C. 從右至左；D. 從左至右；E. 從中向左；F. 從中向右。而在實際識讀時，還有一些特殊的識讀順序或識讀方向，如《甲骨文合集》第 9465 片所刻 6 條卜辭涉及 3 項不同的內容，應自下而上相間識讀。兩周金文的排列順序已有較嚴整的規律，戰國帛書和竹木簡基本上形成從上到下、自右至左的排列順序和識讀規則，漢字序列與它所負載的信息量之間的相互關係也就愈來愈穩固。戰國以降，中國人基本上遵守這個排列順序和識讀規則，但也有極少數文學天份很高的人敢於突破既成的

規則，為漢字序列深層意蘊的拓展作出了貢獻。十六國時期，前秦女詩人蘇蕙因懷念其夫竇滔，織錦為迴文璇璣圖。武則天《璇璣圖序》說它五色相宣，縱橫八寸，題詩二百餘首，計八百餘言，縱橫反覆，皆成章句。後人驚歎其天資絕倫，但以為炫弄機巧，未能理解迴文縱橫往復的漢字排列識讀方式對於多角度轉換信息，多層次揭示文本深層意蘊的重要作用。蘇蕙的璇璣圖已不可得見，但蘇伯玉之妻所作盤中詩尚流傳至今，南朝陳代徐陵所編《玉臺新詠》將此詩附於晉代傅玄雜詩之後。蘇伯玉使蜀久不歸，其妻作詩寄之，訴思念之情。陳望道《修辭學發凡》比較重視此詩在修辭學上的貢獻，而它在詩歌結構形式上和識讀方向上的創新具有更重要的意義。全詩 168 字，27 韻，以 3 字句為主，7 字句為輔，長短頓挫，情感抑張，均得其宜。原詩是寫在盤上的，根據其末句「當從中央週四角」可知其識讀方向應從盤中央發端，迴旋及於四角，借助漢字排列順序的變化來加強詩歌委婉迴旋的藝術魅力。

可能是受到盤中詩漢字排列形式的啟發，中國瓷器上漢字的排列與識讀較為自由，因而信息量較大，具有多層次或多方向的審美意蘊。例如茶杯蓋上常有如圖 1 所示的漢字排列形式：

圖 1　　　　　　　　　　　　　圖 2

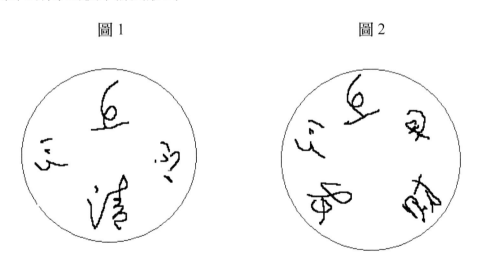

圖 1 的漢字排列形式提供了自由的識讀方向，從不同的觀察角度可以獲得不同的信息。若以「清」為識讀的起點，逆時針識讀可得出 4 個漢字序列：清心可以，心可以清，可以清心，以清心可；順時針識讀也可得出 4 個漢字系列：清以可心，以可心清，可心清以，心清以可；縱橫交錯識讀又可得出 8 個漢字序列：清可以心，清可心以，可清以心，可清心以；以心清可，以心可清，心以清可，心以可清。這些漢字序列都符合漢語的語義邏輯。在一個茶

杯蓋上書寫的 4 個漢字，居然蘊含了這麼多的信息量，這就給識讀者帶來了較為寬廣的思考空間和層次豐富的審美趣味。圖 2 是一位臺灣商人家裏懸掛的條幅上的圖形，這個圖形上的漢字顯然與茶杯蓋上的漢字排列形式相同。若以「發」字為識讀起點，逆時針識讀可得出 5 個漢字序列：發財也可以，財也可以發，也可以發財，可以發財也，以發財也可；順時針識讀也可得出 5 個漢字序列：發以可也財，以可也財發，可也財發以，也財發以可，財發以可也。當然也可以縱橫交錯識讀，但未必得出的漢字序列都符合語義邏輯。利用漢字在器皿上排列的靈活性以及識讀方向的自由性，既增加了漢字序列的信息量，又使漢字序列更富於審美意蘊。如圖 3 是筆者家中的一隻花盆的示意圖：

圖 3

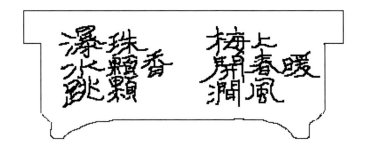

　　盆上排列的漢字如果橫向識讀，則不符合語義邏輯，如果縱向識讀，則可以得出兩個漢字序列。自右至左，從上到下為：暖上春風梅開潤，香珠顆顆瀑水跳；自左至右，從上到下為：瀑水跳珠顆顆香，梅開潤上春風暖。漢字的排列必須給多向識讀留有語義上的內在聯繫，否則彼此齟齬，文不成句，那就無所謂審美感悟。

　　《說岳全傳》敘述韓世忠困金兀朮於黃天蕩，躊躇滿志，上金山寺向道悅和尚求問前途，道悅和尚給他一帖矩陣形式的偈句，句云：

　　　　走河鶴老

　　　　馬慮叫龍

　　　　當金一潭

　　　　先人品內

　　　　問拿立起

　　路不當波

　　遞住朝濤

　　世忠不解真意，反笑道悅寫別字。這正是道悅巧妙地利用了漢字排列與識讀的多向性特徵，改變了識讀的常規，從而轉換了文本的深層意蘊。

　　根據漢字序列識讀的多向性特徵，可以用有限的漢字加以精心組織排列，構成含有多層意蘊的文本。例如清代婺州永康女詩人吳絳雪所著四季迴文詩：

　　鶯啼岸柳弄春晴夜月明

　　香蓮碧水動風涼夏日長

　　秋江楚雁宿沙洲淺水流

　　紅爐透炭炙寒風御隆冬

　　該詩組合方法為每行成詩一首。識讀方法：第 1 句從左向右取前 7 個字，第 2 句從左向右省去前頭 3 個字，第 3 句從右向左取前 7 個字，第 4 句從右向左省去前頭 3 個字，這樣就成為：

　　春

　　鶯啼岸柳弄春晴，柳弄春晴夜月明。

　　明月夜晴春弄柳，晴春弄柳岸啼鶯。

　　夏

　　香蓮碧水動風涼，水動風涼夏日長。

　　長日夏涼風動水，涼風動水碧蓮香。

　　秋

　　秋江楚雁宿沙洲，雁宿沙洲淺水流。

　　流水淺洲沙宿雁，洲沙宿雁楚江秋。

　　冬

　　紅爐透炭炙寒風，炭炙寒風御隆冬。

　　冬隆御風寒炙炭，風寒炙炭透爐紅。

　　若從中部分別向左向右往復識讀，則又可成為：

　　春

　　鶯啼岸柳弄，弄柳岸啼鶯。

　　明月夜晴春，春晴夜月明。

　　　　夏

　　　　香蓮碧水動，動水碧蓮香。

　　　　長日夏涼風，風涼夏日長。

　　　　秋

　　　　秋江楚雁宿，宿雁楚江秋。

　　　　流水淺洲沙，沙洲淺水流。

　　　　冬

　　　　紅爐透炭炙，炙炭透爐紅。

　　　　冬隆御風寒，寒風御隆冬。

　　對同一漢字序列由於識讀意向的變化和切分走向的不同，可以衍生出多個漢字序列，而每個新生的漢字序列與原漢字序列都有語義聯繫，但審美意蘊則比原序列更為深厚。因此，迴文詩堪稱是以最精練的結構形式蘊含最豐富審美信息的文本典範。

　　由於早期漢字與圖畫的密切關係，當代有的詩人已不再滿足於僅僅依靠變化或切分既定的漢字序列來加大信息量和豐富審美內涵，因為漢字序列作為承載信息內容的符號系列，它自身也含有信息，正如中國的傳統書法文本，它一方面承載了文本的信息內容，另一方面漢字字形又包含有形式審美信息。基於這樣的事實，臺灣現代派詩人白荻早在 20 世紀 60 年代就主張表現詩的繪畫性，強調以「圖」示「詩」。這一主張的實質是企圖借助漢字符號構成的有形結構揭示文本內容的無形結構所隱含的深層意蘊。他的代表作《流浪者》就是一種嘗試（如下頁所示）。

　　作者企圖以漢字排列所組成的結構形式喚起識讀者的圖畫形象聯想：右方是遠山高峰，左邊是近山參差起伏，中間是遼闊的地平線，地平線上有一棵孤獨的絲杉。有人認為這 22 行詩可以精簡為兩行：一株細小的絲杉忘卻了自己的名字，他在地平線上孤獨地望著東方的雲。如果照這樣，就失去了具有強烈視覺衝擊力的形式以及形式本身所蘊含的信息，失去了詩行構建的圖畫形象，缺乏想像空間，大大削弱了深層內容的開掘，很難引起識讀者的審美興趣與情感共鳴。以「圖」示「詩」是否可取不屬本文討論的範圍，需要指出的是，它的積極意義在於打破了中唐以來形成的詩歌的矩陣格局和單純的

線形排列模式，為調動和利用詩歌形式本身的信息作出了嘗試性探索。充分運用漢字序列的形式變化增大信息含量是豐富文學文本美學意蘊的有效途徑之一。

```
          只他他                              望
          站已的                              著
          地著忘影                            遠
          站。卻子                            望方
          著　了，                            著的
          。　他細                            雲雲
      向　站　的小                            的的
      東　著　名。              一            ———
  孤方　。只字他          株            株株株
  單　站站站。的          絲            絲絲絲
  的　著著著忘影上線平地在杉上線平地在杉杉杉杉
  一　　。卻子
  株　　孤了，
  絲　　獨他細
  杉　　　的小
  。　　　名。
          　　字
          　　。
```

參考文獻

1. ［清］阮元校刻，《十三經注疏》［M］，上海：上海古籍出版社，1980 年。

2. ［清］曹寅等，《全唐詩》［M］，上海：上海古籍出版社，1986 年。

3. 徐陵，吳兆宜，《玉臺新詠箋注》［M］，北京：中華書局，1985 年。

4. ［清］錢彩等，《說岳全傳》［M］，上海：上海古籍出版社，1979 年。

5. 馮媛，《吳絳雪的四季迴文詩》［J］，《經濟日報》，1987 年，（6）。

6. 吳晃，《詩體一怪——圖示詩》［J］，《語言美》，1987 年，（2）。

原載《網絡文學的語言審美》附錄，臺灣學生書局，2007 年 3 月版。原標題：文學文本的語言形式審美。

古詞新用說「八卦」

　　「八卦」在漢語裏是一個非常古老的詞，它就是《周易》用來象徵天、地、雷、風、水、火、山、澤等自然現象的乾、坤、震、巽、坎、離、艮、兌八種基本圖形。在語言演變的過程中，「八卦」與傳統哲學、武術等關係密切，由此而產生了一系列與此有關的諸如「八卦門」「八卦陣」「八封掌」之類的詞語，這些詞語中包含的「八卦」，基本上保持了古義，但是，近年來港臺和南方各省的傳媒越來越多地出現了具有新義的用法，請看：

　　　　1. 未能擠上今年奧斯卡最佳女主角入圍名單已經讓妮可・基曼頗為尷尬，現在她又為甚囂塵上的乳癌八卦不得不出面澄清。(《深圳商報》2004 年 2 月 8 日)

　　　　2. 有八卦媒體日前在未經授權的情況下取得妮可・基曼的就醫診斷記錄，並且言之鑿鑿地報導說妮可・基曼患了乳癌，讓她相當困擾。(同上)

　　以「八卦」原義來解析其中的「乳癌八卦」「八卦媒體」就會令人一頭霧水，不著邊際，原因很簡單，這裡的「八卦」並不表示哲學概念或象徵圖形，而是「無稽之談」的同義詞。「乳癌八卦」指有關妮可・基曼患乳癌的傳聞，「八卦媒體」則指製造傳播流言蜚語的媒體。這新義的運用範圍已由南方擴展到北方，如：

3. 當時更想談的，還是由這個電影所引發的各種文藝圈的現象與現狀，還包括媒體炒作、媒體八卦的現象與現狀。（《北京娛樂信報》2004 年 2 月 7 日）

4. 這不是我個人的說法，是一位已經故世多年著名影評家生前告訴我的基本評論原則。但在當今這樣由娛樂八卦記者自己一手造成的無所不炒媒體環境之下，我這麼說，會有人相信嘛？（《新京報》2004 年 2 月 7 日）

獲得新義的「八卦」構詞能力顯著增強，如網絡上就出現了新生複合詞「八卦秀」：

5. 過去，曾鬧過不少轟動緋聞的奧菜惠，1 日與藤田晉在東京都內辦了體面的婚禮，當天還有八卦秀節目到現場做轉播。八卦秀特別介紹今年 30 歲的新郎藤田晉，是一位年輕有為的 IT 網絡公司社長……（2004 年 2 月 5 日千龍新聞網）

類似的新生複合詞還有「八卦味」「八卦妹」「八卦粥」「八卦化」等。由「八卦」構成的短語則為數更多，如「八卦話題」「八卦報紙」「八卦雜誌」「八卦新聞」「八卦報導」「八卦炒作」「八卦節目」「八卦記者」「八卦笑料」「八卦色彩」「八卦觀眾」「明星八卦」「八卦娛樂圈」等等。

為什麼象徵自然物象、表示八種基本圖形的「八卦」一詞具有「流言蜚語」「無稽之談」的含義呢？原來在粵方言裏，「八」有「拉雜」「胡謅」「神經不正常」等義，那些到處嚼舌根兒的女人因而被稱為「八婆」。如下語句中的「八婆八公」，即指造謠生事的女人和男人：

6. 世俗生活中八婆八公從來都不缺，家長里短流言蜚語四處在飛，明星的隱私就更沒有理由不成為公眾的關注點。（《新快報》2002 年 4 月 3 日）

由於「八卦」運用範圍的擴大和運用頻率的提高，在不同的語境中語義有了複雜的變化。臺灣《聯合報》資深編輯謝慧鈴引用「Saltzman」對「八卦新聞」的定義為：「煽情主義、醜聞、駭人聽聞的、剝削的、情緒化的、瘋狂戲劇化、令人吃驚的、毛骨悚然的、無恥的、刺激的、冒犯的、使人興奮的、令人震驚的、不懷好意的、流言蜚語、猥褻的、墮落的、破壞名譽的，或者可能是誣謗的。」（2004 年 2 月 3 日《新聞記者》）同一詞在不同語境中能產生這

樣多的臨時意義，表明「八卦」一詞有較為樂觀的應用前景和發展空間，其句法功能的多樣化也是該詞具有較強生命力的證據：

> 7. 有事沒事招呼一聲，出來吃飯喝茶。海闊天空一通八卦，意氣風發地再回去賺錢，像剛加過油的汽車一樣。（2004 年 1 月 17 日新浪網）

> 8. 不過，劉燁也表示了一定的擔心，「現在有些媒體太八卦了，經常歪曲事實。」（2004 年 2 月 11 日《北京娛樂信報》）

> 9. 春節期間最八卦的娛聞，當屬張惠妹被人爆料，指稱她曾經在臺灣一間日式酒吧上班，而這間酒吧正是其三姐的。（2004 年 1 月 29 日《重慶晚報》）

例 7「八卦」是動詞，意為「胡謅」；例 8「八卦」是形容詞，意為「荒謬無恥」；例 9 也是形容詞，意為「令人吃驚」。

原載《語文建設》2004 年第 7、8 期合刊。

古漢語成分在現代文學文本中的審美功能——以駱明散文為例

　　古漢語成分在現代文學文本中的應用，是現代文學語言的一種原生動力和典雅表現形式，因此，把古漢語成分與現代漢語成分天衣無縫地融合在一起，這樣構成的文本洋溢著感人的藝術魅力。

　　任何人都會衰老，但每個人對衰老的理解不同。駱明的散文《白髮》以膾炙人口的古代名作揭示了對人生的不同詮釋，以富有生命力的古代語詞構成了一幅幅多彩畫面，既有鮮明生動的形象，又寓含深刻的哲理，字裏行間靈思迭見，展現了一種散文極少見的睿智美。眾所周知，散文非以理服人而長於以情感人。如果要論述某種觀點，最好採用議論文的體裁。然而，《白髮》一文竟打破常規，用散文的筆調娓娓道來，以伍子胥過昭關一夜急白頭髮的掌故，不經意中帶出「煩惱產生憂傷，憂傷令人老，因此白了頭髮」的主張。但全文並沒有論述的痕跡，有的是透徹肺腑的感慨，有的是古往今來的浩歎，有的是珍惜時光，催人奮進的情懷，從而引起心靈的共振，讓人油然掩卷沉思，領悟人生的哲理。以散文表現情趣易，以情趣蘊含哲理難，不假論證而哲理自現尤難。《白髮》一文的可貴之處正在於此，一連五位歷史名人的文學佳句，經作者的巧妙編織斐然成文，與現代漢語詞語貫通一氣，展現了五種不同的人生畫面，透露了五種對待人生的不同觀念，不假描寫而形象自成，

不必論理而道理自現，這主要在於作者運用現代文學語言寫作之際對古典詩詞的恰當把握。

賀知章《回鄉偶書》所呈現的特寫鏡頭是一個極為平常卻是有形有聲的生活場景，天真無邪少不更事的小孩與飽經滄桑雙鬢斑白的老人本身就是鮮明的對比，這在人物選材上具有典型性；老人的鄉音與衰鬢，兒童的不識與笑問，不唯有強烈反差與表面看來似乎輕鬆的戲劇色彩，更有不得不令人深思的人生課題：兒童不識的老人，不也是曾經少小，曾經青春過嗎？

岳飛《滿江紅》裏的名句「莫等閒白了少年頭，空悲切」，化用了古詩「青青園中葵，朝露待日晞。陽春布德澤，萬物生光輝。百川東到海，何時復西歸。少壯不努力，老大徒傷悲」的意境，但表達的卻是立志報國的情懷，這是一種不甘虛度光陰，積極進取的人生觀。

李白《秋浦歌》以有形的白髮隱喻無形的愁緒，極度誇張人生的悲哀，只怕白髮三千丈也不及詩人苦悶心境之萬一。這種悲哀，不只是一己懷才不遇，報國無門的悲哀，而且是特定歷史時期有才華無門路的知識分子共同的心聲。「白髮」不再是代表一般意義的「年老」，更多的是人生際遇的無奈。

李清照《聲聲慢》詞雖不著「白髮」二字，但接過李白「緣愁似個長」之「愁」，感歎「這次第，怎一個愁字了得」。展現的是一幅「尋尋覓覓，冷冷清清，淒淒慘慘戚戚」的揪心圖景。這不僅是作者本人家境與心境的慘淡映像，而且是那個時代千萬逃難家庭必不可免的遭遇，是一面時代的鏡子，反射出人民對社會安定，家庭美滿，人生幸福的期盼。

辛稼軒《醜奴兒》也抓住一個「愁」字作今昔對比，「愛上層樓」與「欲說還休」，頗有賀詩兒童與老叟對話的風趣。「壯歲旌旗擁萬夫」，豈料「老卻英雄似等閒」，所謂「卻道天涼好個秋」，不過是自我解嘲而已。凸現的是「老驥伏櫪，志在千里。烈士暮年，壯心不已」的情懷。

這些古代詩詞名句，不但豐富了「白髮」的文化內涵，而且啟迪對人生意義的叩問。嫻熟化用古代漢語所蘊含的才情與智慧，是構成駱明散文特有睿智美的重要因素。

古漢語成分的恰當運用，還可以給現代散文平添一份溫馨的情趣。《那天，雪花飄著》以輕靈、歆羨的筆觸抒發賞雪的愉悅：「啊，天空上飄下一片片白色的物體，輕輕地，慢慢地飄蕩下來」，「景福宮前好一片廣場，地上都是積

雪，白白的一片，踏在上面，軟軟的，好舒服，好快樂啊」。其中「片片」、「輕輕」、「慢慢」、「白白」、「軟軟」這些疊音詞的運用，塑造了令人愉悅的聲音形象，引起了人們對雪景的嚮往，給寒冷的首爾（原名漢城）之冬帶來融融暖意。善於抓住事物獨特的個性寫景，且觸景生情，以情感人，產生了如臨其境的審美效果。文中巧妙地引用古人詩句，而且是引用童稚氣十足的詠雪詩「一片兩片三四片，五片六片七八片，飛入蘆花都不見」，古代與現代漢語文學語言融會貫通，猶如雪花與蘆花渾然一體，不露痕跡，使全文洋溢著有如兒童數數目一般的率真與親切，這不能否認是古漢語成分運用得體產生的天然情趣美。

《風磨》描繪了一幅優美的荷蘭鄉村的自然圖景。「在這片青翠的草地上，還放著牛與羊，有時也可以見到馬。這是鄉間生活的一種寫照：有屋子，有籬笆，有船，有樹，有橋，有流水，有牛羊。」字裏行間讓人感受到撲面而來的質樸恬淡的天趣。在這異國土地的自然純樸之外，作者信手拈來這麼一句話：「不期然想到馬致遠的『天淨沙』：『小橋流水人家，古道西風瘦馬』。」這就從荷蘭現實的鄉村風景圖中幻化出了一幅中國古代的風景畫。這種類似於電影拍攝技巧的「淡出」、「淡入」手法，既使東、西方兩個不同國度、不同時代的自然圖景融為一體，又使不同的生活體驗、不同的人生感受在異域找到了契合點，文本因而具有了自然美的感人魅力，引起人們對生命本源的追尋，對人類共有的自然美的嚮往。

古漢語成分融入現代文學文本，有助於構成靈秀美與雄渾美的意境。駱明散文的一個特色是擅長將這兩種不同的美結合在一起。請看《遊太晤士河》一文作者筆下的河流：「上了船，轉頭一瞧，溫莎堡從樹與樹間隔中逼現，顯得更加美麗壯觀。河上有水鴨、天鵝，岸上栽了許多不知名的花。」這是一條美麗的河，其靈秀的意境，全在於作者的點睛之筆——對陶淵明詩句「漁舟逐水愛山青，兩岸桃花夾古津」的引用。桃花源的神奇靈秀，賦予太晤士河一份東方的文化氣息，引起身在異國的人們悠遠的遐思，雖然沒有夾岸數百步的桃花林，也沒有芳草鮮美、落英繽紛的秀麗圖景，但給人帶來了桃花源的聯想，讓人感受到了理想境界的靈秀美。太晤士河又是一條雄偉的河，試看岸上的麥田和曠野：「麥已經金黃了，莽莽一片，收成的季節到了。曠野上有牛羊，遠遠望去，莽莽蒼蒼，天地是多麼遼闊。」「莽莽」、「莽莽蒼蒼」是

常用的古漢語詞，它們讓人自然聯想到毛澤東的名句：「望長城內外，惟餘莽莽」、「煙雨莽蒼蒼，龜蛇鎖大江」。長城與長江的雄偉形象與太晤士河重疊為一體，成為人們審美意念中雄偉圖景的化身，賦予文本以雄渾美。靈秀美與雄渾美在《尼加拉大瀑布》一文中有更為生動的描繪：「極目遠眺，遠處是一片水流，水面很寬，直如大海，水中有礁石，激起陣陣浪花，但阻不了水浪奔流。水流突然折射而下，直下百來丈的深淵，迸出轟轟響聲，激起陣陣水霧。水霧升高了百來丈，化成迷蒙的一片，似霧，可是含有水氣，那是水霧罷。」寬闊如大海，轟鳴似洪鐘，汪洋恣肆，咆哮奔騰，這樣的景色十分雄偉壯觀。作者一方面將大瀑布的雄渾美昭示於人，另一方面又引用中國古代名句點出水霧的靈秀迷離。王勃《滕王閣序》描寫的長江晚景，與尼加拉瀑布的飛流直下奔騰咆哮正相反，「落霞與孤鶩齊飛，秋水共長天一色」表現的是一種安謐的靈秀美，而水霧的迷蒙與秋水長天的混沌逼似，使得雄渾的大瀑布也蘊含了靈秀的魅力。

駱明散文常常觸景生情，於不期然間將古代名句、成語信手拈來，造成有個性特色的藝術氛圍，使文本散發著美的魅力。除了上文談到的睿智美、情趣美、自然美、靈秀美與雄渾美而外，在厚重沉鬱的行文之間，還讓人感受到一種別有況味的蒼涼美。滑鐵盧戰場是拿破崙兵敗的地方，在去戰場的乘車途中，就有一段文字抒寫作者的想像：「想著想著，不期然就想到李華的《弔古戰場文》。這篇文章開首第一句是：『浩浩乎平沙無垠，迥不見人……』好了，滑鐵盧戰役一定是如此的一個景象，可不一定還是『出門無所見，白骨蔽平原』，或者還有『啾啾』的鬼聲。」這樣令人毛骨悚然的想像，驚魂甫定，美感油然而生，但這是一種蒼涼之美，它包含著對人世滄桑的深切感慨。儘管昔日的戰場如今已是城鎮，儘管呈現在眼前的不過是一個四方形的平臺，但運用古漢語成分構成的藝術圖景宛然在目，廣漠的戰場，士兵的屍體，刀光燦燦，殺聲震天……瞬間一切成為歷史！這不能不令人沉思，令人感慨。一代梟雄，兵敗一役，真是一彈再三歎，慷慨有餘哀！《在奧克蘭》反映了人在旅途的艱辛，巧妙的是作者並非直抒胸臆，而是借一家中國餐館的對聯抒發自己的人生感慨：「翻了翻菜譜，意外地在菜單裏有兩行對聯：『求名苦求利苦苦中作樂拿壺酒來；為公忙為私忙忙裏偷閒喝杯茶去』。不管對仗工整與否，但是很有經營菜館人的本色，也很有人生哲理。只是近七時吧！天已經墨黑了。冰涼的風

又吹拂在臉上。『三杯兩盞淡酒，怎敵他晚來風急⋯⋯』沒有經過這種情景，就沒有辦法領略詞中的含意。」人生的艱難困苦，代之以「風」的意象，這可不是和煦暖人的春風，而是「冰涼的風」。李清照顛沛流離的人生際遇，給「風」的意象貫注了厚重的文化內涵，而古漢語成分的恰當運用，又賦予文本淒清蒼涼的美感。

在駱明的散文中，古漢語成分的運用，至少賦予了文本如上的審美功能。不同作家在不同文體的創作過程中，由於審美取向的不同，還可能使文本具有更為豐富多樣的審美功能。作家對古漢語成分的創造性運用是現當代文學文本之所以具有魅力的一個重要原因。

原載《新加坡文藝報》，2007 年 6 月版。

漢語、漢字的生態學發展與教學應用

一、漢語、漢字生態學的基本原理

關於生態環境對人類生存的重要影響，可以說幾乎無人不知，但很多人並不一定瞭解漢語、漢字也有其存在發展的生態環境，而且正是這一生態環境與漢語、漢字的相互作用決定了漢語和漢字生態。什麼是「漢語、漢字生態」？「漢語、漢字生態」就是漢語、漢字在特定生態環境的存在形式。從系統生態學的觀點看，世界上沒有任何獨立存在的事物，即使是作為信息代碼的語言和文字符號，也絕不是孤立的體系。以生態學的基本原則重新審視漢語、漢字，不難發現漢語、漢字原來並不是當今不少語言學家、文字學家所認為的那種封閉性的形式系統。恰恰相反，漢語、漢字是與它所賴以存在的特定環境不斷進行信息交換，相互聯繫，相互作用的動態開放系統。它的科學表述就是生態漢語系統和生態漢字系統。

筆者曾經在《生態漢語學》（吉林教育出版社 1991）和《漢字學與生態學結合的理論思考》（《漢字文化》1998.2）等論著中提出了生態漢語系統和生態漢字系統的基本理論和結構關係示意圖。

生態漢語系統由漢語系統和生態環境系統構成；生態環境系統至下而上由自在環境系統和自為環境系統構成；自在環境系統至下而上又由自然系統、社

會系統、文化系統構成。自為環境系統即人群系統，自在環境系統與語言系統通過人群系統產生作用。

生態漢字系統由處於底層的自在環境系統，處於中層的自為環境系統和處於上層的漢字系統等三個子系統構成。自在環境系統包括自然系統和非自然系統。自然系統由非生物、微生物和一般生物三個層次構成。非自然系統也有三個層次，由低到高為社會系統、文化系統和漢語系統。自為環境系統是生態漢字系統中的能動結構，也是處於自在環境系統與漢字系統之間的中介層次。它一方面從自在環境系統攝取能量信息，同時自身也不斷產生新信息，而且把吸收到的各種信息進行篩選、加工、處理，輸入漢字系統；另一方面，人群系統又運用漢字系統傳播信息作功，反作用於人群自身，重新調整能量信息在人群的不同層次、不同集團中的分布，推動人群的進步。漢字系統在運動過程中，又通過人群系統對自在環境作功，使自在環境的各個層次不斷有序化，進而促進整個生態漢字系統的優化。

這裡限於篇幅，不能細緻分析漢語、漢字與生態環境各層次子系統之間的關係。近年來國內外不少學者對漢語、漢字表示關切，他們一方面認為漢語、漢字具有豐富深厚的內涵而彌足珍貴，另一方面又為漢字是否會被拼音文字取代心存疑慮，進而擔憂漢字的前途。如果把漢字的演變與它所處的不同歷史時期的生態環境結合起來加以考察，就不難發現漢字之所以具有完全不同於拼音文字的特點，正是由於生態環境與漢字相互影響、相互作用所致。漢字前途如何，取決於它與生態環境的相互作用。

自然系統是生態漢語系統與生態漢字系統的最低層次，也是漢語、漢字產生的基礎。自然系統的非生物層次不但提供了表達漢語、書寫漢字的物質條件，而且還與生物層次一起共同提供了豐富多彩的可供漢語、漢字承載傳遞的信息。我國已經發現的史前岩畫，是用礦物顏料繪成的。其中不少圖畫與商代甲骨文有明顯聯繫，這些「文字畫」是漢字產生的源頭之一。但是漢字不僅承載傳遞自然世界中的各種信息，而且承載傳遞人類社會環境中的各種信息。由於社會環境系統各個層次的變化發展，首先是社會經濟結構層次的變化發展，影響到漢語生態的變化發展，而且直接影響到書寫漢字所用的材料和漢字生態的嬗變。從出土的商代後期甲骨文看，由於冶銅技術的發明，在岩石上畫圖轉變成用銅刀在甲骨上刻字，不但如此，甲骨上還發現了用毛筆書寫的「朱書」

和「墨書」漢字。書寫材料和工具的進步主要得益於社會生產力的發展,而漢字生態較之岩畫顯得更抽象,不僅與社會環境的最高層次即意識形態有關,而且與作為自為環境的人群結構的思惟能力與審美特徵有關(參看拙作《論漢字藝術審美的國際性》,載《漢字文化》2000.2)。因此,甲骨文作為商代至西周時期漢字的存在形式,是它與生態環境相互作用的結果,本來,漢字在商代已經呈現表音的趨勢,卜辭中約占 80%的假借字就表明漢字並非不能演變為拼音文字。然而漢民族重意會的思惟特徵使純粹表音的假借字後來被加上表意的符號,於是既表音又表意的形聲字越來越多,由同一古字增添結構部件產生的分化字也就越來越多,只用幾十個字母相拼來表示語音的可能性就越來越渺茫。可見,漢字演變走什麼樣的道路,是漢字與生態環境的互動關係使然。漢字在漢代發生了一次革命,這就是隸變。隸變使漢字徹底擺脫了模擬事物形象的傳統,成為由點與線組合的二維抽象符號體系。這次革命與漢代社會生產力前所未有的躍進和上層建築的空前繁榮相契合。漢朝社會政治、經濟、文化高度發展,社會信息運轉節奏加快,社會環境的迫切需求成為漢字生態革命的最重要動因。至於隸書後來被楷書取代,更多的是受到自為環境即人群結構的觀念影響。自漢以降,儒家思想已成為漢族文化的主流,楷書字形講究渾厚方正,這正是儒家中正平和觀念的體現。在甲骨文的「朱書」和「墨書」中早已顯現出來的方正特徵的萌芽,到唐代顏真卿的楷書才真正形成成熟的、能夠代表漢民族文化精神的、在世界文字大家庭中獨樹一幟的漢字生態範式。由於漢字與其生態環境形成的這種生態關係,在唐以後的 1000 多年中,隨著儒家觀念已成為中華民族文化傳統的核心成分,漢字的楷書形態也成為超穩定結構,以至於在五四時期一些人以為是漢字阻礙了社會的進步,主張廢除漢字,另創拼音文字。這是孤立看待漢字必然導致的失誤。

漢字在越南和朝鮮被廢止,這表明漢字確實不是孤立的封閉體系,也表明漢字在這兩個國家所處的生態環境與中國本土的生態環境不一樣。在 21 世紀信息產業高度發展的時代,漢字是否會像在越南和朝鮮那樣走入死胡同?時代不同,國度不同,社會政治、經濟、文化結構不同,使用漢字的人群的文化底蘊與素質不同,各種因素產生的合力不一樣,漢字與生態環境相互作用的情況也不一樣,其興衰榮枯的變化趨勢當然也就不可同日而語。一種文字是否被另一種文字取代,歸根結蒂不是文字本身所能決定的,而是由文字與生態環境各

個層次之間相互作用的合力所制約。在當代，社會經濟環境和文化觀念對文字越來越具有重要的影響。當一些漢字學者為了批駁漢字「難認」、「難寫」、「難學」的論點，舉出漢字速成教學法的優越性的時候，爭論的雙方都把眼睛盯在漢字上，卻把對漢字具有重要影響的生態環境拋在一邊。用這種孤立的觀點看漢字，永遠不能洞察漢字生態的奧秘和它的發展趨勢。當前，中國的綜合國力正在不斷增強，漢字的生態環境也在不斷優化。生態環境的優化必然給予漢字體系積極的影響，漢字作為中國現代化建設的信息載體系統，將會顯示出愈來愈強大的生命力。

　　漢語、漢字與世界上其他語言文字一樣存在生態運動，最主要的生態運動有：泛化與特化；類化與異化；強化與弱化；擴散與防禦；滲透與協同；漂變與選擇；對立與互補。漢語和漢字的生態形式具有一些基本的類型，這就是自然生態、社群生態、文化生態、羨美生態、模糊生態。漢語、漢字與環境之間，漢語系統和漢字系統中的各種元素之間，都相互影響，相互制約，相互競爭，相互諧調，這樣來推動整個生態系統的變化發展。

二、漢語生態泛化與同義詞教學

　　漢語生態泛化在語詞層次上最明顯的表現是，與相同意義內涵對應的生態形式往往不只一個。這些生態形式靠著外延、語體、色彩、功能等等的不同，組成了或大或小的同義詞群。這些詞既相互聯繫，相互影響，又相互區別，相互競爭，極大地增強了漢語詞彙的生命力。語詞生態形式（語音外殼或書寫符號）上的特徵可以幫助成批地掌握同義詞群，例如：

悲哀　悲傷　悲戚　悲切　悲愴　悲涼　悲痛　悲慟

淒慘　淒厲　淒切　悽惶　淒苦　淒惻　悽楚　淒冷　淒清　淒婉　悽愴

安閒　安適　安逸　安詳　安謐　安寧　安樂　安靜　安生　安康　安全

氣慨　氣派　氣勢　氣魄　氣韻　氣宇

表揚　讚揚　頌揚　褒揚　揄揚

可以「聰」、「充」、「風」、「驚」、「贊」為第一詞素，以「俗」、「勁」、「略」、「練」、「正」為第二詞素，分別寫出含有各個詞素的同義詞群：

聰明　聰敏　聰慧　聰穎　聰睿

充滿　充足　充斥　充溢　充塞　充盈

風采　風度　風韻　風致　風姿　風雅　風騷　風流　風華

驚奇　驚異　驚詫　驚愕　驚訝　驚駭　驚惶　驚悸驚疑　驚恐　驚懼
驚慌

讚美　讚歎　讚賞　贊許　讚揚　讚譽

粗俗　鄙俗　庸俗　俚俗

剛勁　強勁　蒼勁　雄勁　遒勁

謀略　方略　策略　韜略

簡練　精練　凝練　洗練

改正　糾正　更正　修正　矯正　校正　教正　匡正　斧正　郢正（可參
考龍吟《現代漢語詞辨》1992；游智仁《現代漢語同義詞辨析》1986）

　　但不少同義詞的生態形式基本上沒有共同特徵，這些同義詞群往往反映了
地緣環境的不同。同一種語義在不同地域的漢語方言中往往生態形式各別，南
方方言姑且不論，由於北方方言作為普通話的基礎方言具有較大的滲透力，因
此按地緣關係掌握同義詞群可以從共時平面加深對漢語的認識。

　　「好看」、「漂亮」是北方話分布最廣的同義詞，但實際上在言語交際和文
本中，還有另外的同義詞與之構成詞群。例如：

　　美：邯鄲、張家口、臨河、黑河、齊齊哈爾、丹東、錦州、商丘、原陽、白
河、漢中、西安、銀川、哈密、重慶、柳州、宜昌、阜陽、佳木斯、白城、長
春、瀋陽、烏魯木齊、揚州；

　　俊：滄州、邯鄲、張家口、長治、呼和浩特、二連浩特、大連、煙臺、青
島、利津、諸城、濟南、濟寧、商丘、綏德、西寧、徐州、連雲港；

　　俏：濟寧、紅安、昭通、蒙自；

　　帥：張家口、陽原、丹東；

　　標緻：陽原、忻州、離石、赤峰、黑河、齊齊哈爾、丹東、錦州、商丘、鄭
州、白河、漢中、西安、銀川、西寧、自貢、昆明、黎平、吉首、宜昌、武漢、
紅安、安慶、蕪湖、徐州、佳木斯、白城、瀋陽、烏魯木齊、南充、漢源、連
雲港、漣水；

　　襲人：忻州、太原、臨河、集寧、呼和浩特、二連浩特；

　　乖：西昌、常德、達縣；

　　齊整：商丘、原陽、鄭州；

精神：哈爾濱、佳木斯；

嫽：西安、寶雞；

魁梧：天水、西寧；

標：濟寧；四稱：濟寧；雅：商丘；好瞧：林縣；心疼：天水；秀溜：西寧；風流：陽原；吸人：大同；爽整：忻州；客戲：太原；不醜：臨汾；精幹：臨汾；俊俏：錦州；抻抖：重慶；格式：合肥；冠冕：徐州；辦事：徐州；受看：佳木斯；翠活：烏魯木齊；惡俊：連雲港。這麼一大群「美麗」的同義詞，三個以上方言都有的是：好看、漂亮、標緻、襲人、齊整、美、俊、俏、帥、乖。除「襲人」而外，在日常交際和文學作品中，它們的出現頻率都較高。如按流行地緣來掌握生態形式不同的同義詞，能提高漢語的實踐能力和理論水平。可參考陳章太、李行健主編的《普通話基礎方言基本詞彙》（1996）。

三、漢字生態泛化與分化字教學

由於自然、社會、文化生態系統以及漢民族自身的發展，語義越來越複雜細密，需要更多的漢字來表述思惟成果，表現情感，描寫語言，這樣，以一個漢字為基礎添加結構部件而泛化繁衍出一群漢字，這一群漢字就都與基礎漢字有相同或相近的讀音，而且意義上有相關的聯繫。因此，音或義的線索就為成批掌握漢字的形音義帶來了便利。例如：

宛，《說文》「屈草自覆也」，故「宛」有屈曲義。加「艸」為「菀」，是植樹種草圈養禽獸的地方，含有屈曲環繞之義。加「肉（月）」為「腕」，是手掌與手臂相連而可彎曲之處。加「女」為「婉」，有屈曲迴旋之義。加「水」為「涴」，水流回曲之貌。加「蟲」為「蜿」，如蛇彎曲之貌。加「足」為「踠」，是人的腳掌與小腿相連而可彎曲的部位。加「骨」為「骳」，是膝蓋可彎曲的部位。加「糸」為「綩」，是捲曲的冠緌。加「言」為「諉」，有曲言勸慰之義。由屈曲迴旋而引申出圓轉義，故加「豆」為「豌」，有圓豆之義。加「玉」為「琬」，是上圓下方而無棱角的玉圭。加「木」為「椀」，是圓而敞口的木碗。後起字「碗」亦有圓義。加「衣」為「裫」，是圓筒狀的紡織品，指襪管、袖管之類。加「金」為「鋺」，是圓形的金屬碗。

但並非所有的聲符都含有意義，如「我」，甲骨文字形象一種鋸齒形的武器，後來被借為第一人稱代詞，又被用作形聲字的聲符。在「涐、峨、娥、鵝、

俄、餓、蛾」等分化字中,「我」都是純粹的讀音標誌,沒有任何意義。有的
分化字中聲符含有意義,如「鍜、瑕、騢」的「叚」含有紅義,但有的分化字
如「鰕、椵、霞、葭、暇、遐、假、瘕、猳」中的「叚」卻沒有紅義。下面舉
出一些例子,通過查閱工具書瞭解它們的聲符的意義分布。可參考殷寄明著
《語源學概論》(2000),張博著《漢語同族詞的系統性與驗證方法》(2003)。

揭、碣、碣、齃(有高義);蠍、褐、鬲、猲、楬、齃(短小義);渴、喝、
葛。

遍、篇、編(周全義);偏、瘺、牑、蹁、碥、煸(半義、不正不全義)。

琈、嫠、桴、蜉、莩、醏、郛、稃、浮(外表義);孵、罘(覆蓋義)。

眇、秒、妙、杪、紗(「眇」至「螵」等7個系列均有小義)。

吟、鈴、嶺、泠、舲。

柴、佌、玼、疵、髭、貲。

哨、霄、梢、稍、艄、屑、宵、魈、趙、銷。

謙、嫌、廉、慊、蒹、歉、鐮。

溪、蹊、徯、騱、鼷。

螢、嫈、熒、熒、塋;榮、縈、營、瑩。

輔、補、哺、餔(相輔相稱義);鋪、舖、浦、圃、敷(鋪陳散佈義);脯、
晡、浦、匍(盡義)。

芭、笆、把、靶(圓而長義);爬、杷、耙(梳義)。

經、徑、涇、勁、脛、頸、踁、逕、陘、莖(直而細長義)。

忍、仞、紉、靭、韌(止義)。

濃、膿、襛、穠(厚義)。

陷、餡、閻、滔(納義)。

渾、煇(輝)、暈、運(混雜義)。

通、桶、捅、蛹、筩(中空義)。

團、糰、轉、傳、塼(圓義)。

破、簸(分析義);被、帔(加被義);波、坡、披、頗、跛、陂(傾斜義)。

四、漢語、漢字生態泛化與聯綿詞教學

聯綿詞具有多樣的生態形式,它顯著地表現為漢字生態的泛化。例如,「葡

萄」古書裏又寫為「蒲桃」,「匍匐」又寫作「扶服」,有的聯綿詞甚至有數十種不同的漢字生態形式與之相應,如:

1. 彷徨　仿偟　徬偟　傍偟　旁皇　方皇　房皇　方羊　仿佯　彷徉　仿洋　方洋

2. 徘徊　俳佪　俳回　徘回　俳徊　徘佪　裴回　裴佪

3. 盤旋　便旋　盤桓　磐桓　般恒　般還　般旋　盤還　畔桓　畔旋

4. 逍遙　消搖　消遙　招搖　招邀　須臾

5. 儴徉　儀佯　襄羊　相羊　相佯　尚羊　徜佯　商羊　常羊　翱翔

漢字生態泛化的客觀導因是漢語語音的變化,語音的變化提供了意義轉變的機會,這樣自然產生了意義相連,語音相通的若干新語詞。因此,完全可以循聯綿詞的音義關係去掌握一群同族詞。從古代語詞的生態形式觀照現代漢語語詞,就會很容易把握那些漢字生態不同,似乎毫不相關的詞:「彷徨」、「徘徊」、「盤旋」、「盤桓」、「逍遙」、「招搖」、「須臾」、「徜徉」、「翱翔」。這些詞在現代漢語中意義已有了明顯分別,這就表明不僅是漢字生態泛化,而且是漢語的生態泛化共同推動了語詞的發展。循語音關係還可以瞭解一些聯綿詞與單純疊音詞的語音生態與漢字生態的轉變,如「烈烈」與「栗烈」;「發發」與「鬢髮」;「晏晏」與「燕婉」;「茸茸」與「蒙戎」;「亭亭」與「娉婷」;「翩翩」與「翩躚」。循不同漢字生態形式追究其語音關係,可以成批地掌握聯綿詞:

仳離　披離　敷與　撥捌　扒拉;

玲瓏　離婁　流離　淋漓　零落;

荒唐　混沌　恢臺　豁達　糊塗;

躊躇　踟躕　彳亍　游移　夷猶　猶豫。

在教學實踐中,還可以從現代漢語的意義著眼,把不同生態形式的聯綿詞聚合起來:

磅礴　澎湃;

恍惚　依稀　隱約　朦朧;

踉蹌　趔趄　蹣跚;

娉婷　苗條　窈窕　婀娜　嫋娜　嫵媚;

蕭瑟　蕭殺;

落拓　個儻　瀟灑；

滑稽　詼諧　幽默；

纏綿　繾綣　綢繆；

醃臢　骯髒　齷齪。

有一部分聯綿詞在古代可以其中一個音節負載詞的意義，如「猶豫」，《楚辭·九章·惜誦》「壹心而不豫兮」只用「豫」；「壺盧（葫蘆）」，《詩·豳風·七月》「七月食瓜，八月斷壺」只用「壺」。由於構成雙音單純詞的某個音節的自由度逐漸增強，現代漢語裏也出現了這種特殊的生態現象。「玻璃」這個單純詞裏的「玻」和「璃」，是不能分拆運用的，但是，口語中人們常把「玻璃杯」說成「玻杯」。不僅如此，這個「玻」還具有一定的構詞能力，例如「紅玻」、「藍玻」、「花玻」（有裝飾紋樣的玻璃）、「鋼玻」（鋼化玻璃）、「玻缸」、「玻門」、「玻窗」等等。外語音譯的單純詞其中某個音節的自由度和構詞能力表現比較突出，香港《語文建設通訊》第 67 期載潘文國先生《漢語音譯詞中的「義溢出」現象》一文指出，「迪斯科」（disco）裏的「迪」，可以構成「迪哥」、「迪妹」、「迪廳」等詞語。在日常口語中，人們稱「乘出租車」為「打的」，在四川，「乘出租的摩托車」叫做「打摩的」，這個「的」就是單純詞「的士」（taxi）的一個音節，開出租車的男性青年司機被稱為「的哥」。「巴士」（bus）按車型的大小可分為「大巴」、「中巴」、「小巴」，在巴士上售票的年輕婦女被稱為「巴姐」。

原載廈門大學中文系編《大一課堂》，廈門大學出版社，2007 年 9 月版。

多維視角觀照下《詩經》研究的新收穫——評劉精盛《詩經通釋》

自漢以降，解釋《詩經》、研究《詩經》者代不乏人。有清以來，人才輩出，名家蜂起，著作汗牛充棟，灼見豐贍，蔚為大觀。毛《傳》、鄭《箋》、孔《疏》、《爾雅》、《說文》固為解詩之本，而朱熹《詩集傳》、馬瑞辰《毛詩鄭箋通釋》、王先謙《詩三家義集疏》、陳奐《詩毛氏傳疏》、方玉潤《詩經原始》、王引之《經義述聞》、黃焯《毛詩鄭箋評議》與《詩疏評議》，造詣尤深，未可輕忽。

現代研究《詩經》的學者可謂不少，面世的成果不可謂不多，其中亦不乏的見卓識，然就整體水平而言，仍未能超邁前人，沒有取得突破性的進展。造成這種狀況的原因是多方面的，這裡未遑細論，但學術思想的凝滯，學術視野的偏狹，研究方法的陳舊，無疑是當前《詩經》研究工作的軟肋。

劉君精盛，篤學沉穩，寢饋《詩經》，廿載有餘。近著新作，視角多維，方法系統；博採眾說，精於取捨；獨出新見，論證謹嚴；語言文學，融為一體；文意通達，華章斐然，洵為近年《詩經》研究領域罕見之佳構。其燦然可識者有三，試分述如下。

一、博採眾說　精於取捨

《詩經》訓釋，源遠流長，前修今賢，論著林立。同一語詞，同一語句，

同一篇章，詁訓不一，取意不同，波譎雲詭，眾說紛呈。王國維在《與友人論詩書中成語書》中指出《詩》、《書》難解之故有三：「訛闕，一也；古語與今語不同，二也；古人頗用成語，與其中單語之意義又不同，三也。」這是僅就微觀之字詞詁訓而言。若自宏觀著眼，解詩不明時空背景，不免自我作古，此難一也；解詩不審文化旨趣，不免南轅北轍，此難二也；解詩不顧藝術意蘊，不免穿鑿附會，此難三也；解詩不諳系統原則，不免孤立矛盾，此難四也。此四難，雖名家不免，遑論其他。無怪乎聞一多在《匡齋尺牘》中說：「今天要看到《詩經》的真面目，是頗不容易的。尤其是那聖人或『聖人們』賜給他的點化，最是我們的障礙。」劉君寢饋《詩經》既深，於茲體會自異於流俗。他主張作注盡量從前人或今人的說法擷取，一般說來傾向於相信時代更早的說法。如果前人說本通，則不另立新說，即使前人對詩旨的解釋無法考證，只要不與詩的內容相悖，則信之，如對《淇奧》、《牆有茨》、《君子偕老》、《鶉之奔奔》、《芄蘭》、《九罭》、《狼跋》等詩的主題的理解。對於舊說必須持論公允，《詩經》各家注疏歧義互出，有些地方分歧很大，正如方玉潤《詩經原始》所言「二千餘年紛紛無定解」，但不能因此動輒拋棄前人的訓詁另起爐灶。孰優孰劣，當根據文情而取捨，正如高亨《詩經今注》前言所說「依循它的本文，探求它的原意」，這實際上也是朱熹倡導的「就詩論詩」的原則。

如對《召南·甘棠》「蔽芾」一詞的解釋，《詩經通釋》從《詩集傳》之說而不從《毛傳》說。《詩集傳》：「蔽芾，盛貌。」《傳》以為小貌。《說文》：「蔽，小草也。」《段注》：「也當作貌。」段氏認為「小貌」由此「小草貌」之引申。《詩經通釋》不以為然，小草以多而見盛，小草固然小，而「蔽」並非表示一根草小的樣子，它表示的是小草貌而不是草小貌，否則造詞理據無從說起。作者認為，芳草遍天涯，比比皆是，到處覆蓋著泥土，故曰蔽。「蔽」之言蔽蔽然一片，故「蔽」為盛貌而「蔽」有遮蔽之義。此字與「芾」字同理。《說文》：「芾，道多草不可行也。」沛然而盛。《詩經》中「芾芾」為盛貌，如《大雅·皇矣》「臨衝芾芾」寫兵車的強盛。「芾」通「芾」，「芾」、「芾」為雙聲關係，古韻為月物旁轉關係，故得相通。《廣雅·釋訓》：「芾芾，茂也。」根據語境，「蔽芾」亦當訓為盛貌。召公既然曾經在此甘棠樹下歇息，此樹怎麼會小呢？更何況歲月遞嬗，此樹更當枝繁葉茂，樹蔭濃濃。見此樹之茂，百姓對召公的懷念油然而生。

又如《周南‧螽斯》「宜爾子孫」之「宜」字，《詩經通釋》第9頁注釋云：宜，王引之《經傳釋詞》認為是語詞，陳奐《詩毛氏傳疏》認為是承上啟下之辭，筆者不敢苟同，竊謂此「宜爾子孫」與《桃夭》「宜爾室家」句型同，宜字同義，這兩句詩皆祝福之辭，故先言其得宜。又《魯頌‧閟宮》「宜大夫庶士」，陳奐《詩毛氏傳疏》：「與群臣燕，則欲與之相宜，亦祝慶也。」《詩》祝福或祈福用安，如《小雅‧鴛鴦》首章云：「君子萬年，福祿宜之。」《說文》：「宜，所安也。」「福祿宜之」猶第四章「福祿綏之」，對文同義，綏亦安。《鴛鴦》第二章「宜其遐福」與「福祿宜之」對文同義，亦以宜字置於句首。故筆者認為宜字是給人美好的祝福的字眼。不同之處是，《螽斯》、《桃夭》、《閟宮》祝慶的對象分別為子孫、夫婦、君臣，故宜有相宜、相安的意思。

「蔽芾」義訓如不取朱說而用毛、段，顯見造詞理據無從說起，且與語境詩意捍格不合。「宜」不用王、陳之說而取《說文》義訓，不僅斟酌於語境詩意，尤著眼於詞義系統性原則以及詞語運用的形式規律與語法格局。如此妥貼持重的注例，《詩經通釋》所在多有，此不贅舉。然於此二例足可見作者既博採各家異說，更具擇取精義的學養與眼力。

二、獨出新見　論證謹嚴

《詩經》難解，研究者往往另出新見。然新見之流弊亦無可諱言，或形同漂萍，或失於皮相，能經得起反覆推敲者，十不一二。釋義新穎如高亨《詩經今注》，劉君所撰《詩經今注評議》予以條分縷析，一一指其瑕疵。可知提出新見固非易事，真要站住腳跟則更為困難。有鑑於此，作者不輕易另出新解，但凡有新說，必論證謹嚴，持之有據。如《大雅‧雲漢》釋「旱既大甚，黽勉畏去」之「畏」，以《廣雅‧釋詁》三：「畏，難也」為據，再以詩之上兩章「旱既大甚，則不可摧」、「旱既大甚，則不可沮」皆言旱已太甚，難以去之，清理出「畏」訓為「難」的邏輯依據。更據換文以反覆詠歎之的語句形式，指出這種形式變換與詞義訓釋的聯繫正是《詩經》的一個重要特點，增強了「畏」訓為「難」的可信度。

王引之釋詞向以精當謹嚴著稱，在學界享有盛譽。他據《風俗通義‧山澤篇》引詩「江漢陶陶」，認為「陶」與「滔」，古字通，斷定《大雅‧江漢》「江漢浮浮，武夫滔滔」之「浮浮」與「滔滔」互訛。作者不同意互訛說，提出了

新見。王先謙《詩三家義集疏》：「《魯》浮作陶。」可見，《風俗通義》之異文是從《魯詩》而來，《毛詩》未必上下互訛。誠若王引之所言，「陶」與「滔」古字通，則《鄭風·清人》之「陶陶」與《江漢》之「滔滔」通，「陶陶」形容馬疾馳之貌，即有威武之義，故「滔滔」可形容赳赳武夫。高亨《詩經今注》認為：「滔，當讀為騊，《說文》『騊，馬行貌』，騊騊，武夫奔馳的狀態。」《小雅·四月》「滔滔江漢」，《說文》引作「騊騊江漢」，《江漢》與《四月》之「滔滔」，基本義是一樣的，即疾馳之貌。至於「浮」，《廣雅·釋詁》：「浮，多也。」王念孫即引《江漢》「江漢浮浮」，《小雅·角弓》「雨雪浮浮」為證。又《大雅·生民》「烝之浮浮」，「浮浮」《爾雅》作「烰烰」，郭璞謂「氣出盛」，其義一也。「浮浮」形容多，可言江漢，雨雪，亦可言武夫，戰馬。因為勇武義有盛義，盛義與多義相通。《角弓》「雨雪浮浮」上章云：「雨雪瀌瀌」，《傳》：「浮浮，猶瀌瀌也。」《鄭箋》：「雨雪瀌瀌然。」古無輕唇音，「浮」與「瀌」雙聲疊韻，故聲義相通。又《衛風·碩人》：「朱幩鑣鑣」，《傳》：「鑣鑣，盛貌。」《齊風·載驅》：「行人儦儦」，《傳》：「儦儦，眾貌。」「麃麃」形容車馬之盛，「鑣鑣」形容鑣飾之盛，「瀌瀌（浮浮）」形容江水雨雪之盛，「烰烰」形容氣盛，「儦儦」形容行人之盛，其實義皆相通，音皆相同或相近。《鄭風·清人》第二章：「駟介麃麃」，第三章：「駟介陶陶」，「陶陶」與「麃麃」同義，亦為馬武之貌。可見，「浮浮」未嘗不可以形容江漢，「滔滔」未嘗不可以形容武夫。

《清人》之「陶」通「騊」，「騊」為馬行貌，顯然「騊」為本字。《四月》和《江漢》「滔」通「騊」，「騊」非本字。作者認為其本字當作「卒」。《說文》：「卒，進趣也……讀若滔。」《說文》之讀若多表示通假，故「滔」通「卒」（音滔）。段玉裁《說文解字注》：「趣者，疾也。言其進之疾，如兼十人之能也。」《唐風·蟋蟀》「日月其慆」，「慆」與「邁」、「除」互文同義，故《傳》釋為過也。「慆」何以有「過」義？「慆」亦通「卒」，「卒」有疾趣之義，故「慆」釋為「過」或「逝去」，「日月其慆」表示詩人對歲月易逝的感慨。《毛詩》用字，自成體系，就《江漢》「浮浮」與「滔滔」而言，由上所述，未必互訛。《魯詩》「浮浮」不足以證《毛詩》之非，因為反過來也可以說是《魯詩》不明「滔滔」可以形容江水、馬、武夫疾馳之貌，不知其義由「卒」而來，昧於古義而誤。《蟋蟀》之「慆」通「卒」，可為《傳》釋提供音義依據。

作者以他詩證本詩，以外證應內證，重視語詞的語音特徵與詞義的系統性，邏輯清楚，論據充分，論證謹嚴，得出《大雅・江漢》「武夫滔滔」之「滔」，本字為「卒」的結論。故「浮浮」、「滔滔」按原文次序，確鑿可信。

三、語言文學　融為一體

清代語言學家解詩側重字詞考證，乾嘉學派無徵不信的學風，把《詩經》研究推向對語言本體的考求，這是解詩最根本最重要的工作。這項工作成果卓著，遺留的問題也不少，當代學者無疑應當繼承發揚這一優秀樸學傳統，把這項工作堅持下去。但是，如果以為解詩的全部內容就只是對語言本體的考求，那就不僅是研究方法的侷限，而且是學術視野的偏狹。語言本體是理解文學文本的基礎，是構成文學文本的素材，但它並不等於文學文本，文學文本自有文學的特徵。語言成分一旦出現於文學文本的特定藝術環境中，它就不僅是具有交際功能的普通語言，而且是具有審美功能的文學語言。因此，解詩不能滿足於對字詞意義的詮釋，而應提高到對字詞、語句、篇章的文化內涵、審美功能的理解。

《詩經通釋》最顯著的亮點，就是作者從語言本體、語言運用、文化意蘊等多維視角觀照文學文本，把字詞意義、語用修辭、民俗文化等不同層面的考察相互參證，語言文學，融為一體，從而既避免了脫離文本的隨意發揮，又突破了字詞訓詁的侷限，為研詩解詩別開生面。

如《大雅・召旻》「天降罪罟」，高亨《詩經今注》引林義光《詩經通解》曰：「罟，讀為辜」。作者指出：此字不必通假。罪罟同義連文，皆為網的意思。「天降罪罟」猶《瞻卬》「天之降罔」。罔，高氏亦引林氏說，讀為荒。其實，罔從網得聲，從音理上說，通網更可靠，訓為羅網、法網即可。《史記・殷本紀》：「欲左，左；欲右，右。不用命，乃入吾網。」《孟子・梁惠王上》有「網民」之說。《瞻卬》「罪罟不收，靡有夷瘳」，《詩經今注》亦引林氏說，「罟」通「辜」。《傳》：「罪罟，設罪以為罟」，《箋》：「施刑罪以羅網天下，而不收斂為之，亦無常無止息時。」《傳》、《箋》之說，美中不足的是「罪」字望文生訓。《說文》：「罪，捕魚竹網。」「罟，網也。」罪罟同義連文，用的皆是本義。罪罟，羅網，比喻統治者的法網。又《小雅・小明》「豈不懷歸，畏此罪罟」，如馬瑞辰《毛詩傳箋通釋》所言，亦當以本義釋之。《瞻卬》《傳》之誤訓，在

於忽視了罪的本義，因為秦始皇以為「辠」（罪人之罪）似「皇」字，故易之以罪罟、罪網之「罪」。可見，釋義不察漢字的文化變遷，臆說通假，雖毛鄭不免。

《王風‧丘中有麻》的主題和內容向有爭議，毛《傳》認為是「思賢」詩，朱熹認為是一首愛情詩。作者從修辭角度指出，「丘中有麻」、「丘中有麥」、「丘中有李」應作為起興手法來理解，這是國風多數詩篇常用的表現手法。其次，《詩經》的起興雖說是先言他物以引起所詠之辭，但並非與所詠之事毫無關聯，恰恰相反，往往是有所關聯。如這首詩的起興，就反映了季節的變換，「丘中有李」寓意愛情的成熟，「貽我佩玖」是愛情成熟的標誌，正如《衛風‧木瓜》所云：「投我以木李，報之以瓊玖。非報也，永以為好也。」至於「子嗟」、「子國」不必坐實，正如《鄭風‧山有扶蘇》之「子都」、「子充」，無非是美男子的代稱而已。《鄘風‧桑中》之「孟姜」、「孟弋」、「孟庸」亦美女的代稱，換名以協韻。《王風‧丘中有麻》看不出招賢偕隱的痕跡，更何況「彼留子嗟」、「彼留子國」、「彼留之子」明顯為同一種句型。對此詩主題和內容的理解，作者無疑提出了一種值得重視的新思路。

《小雅‧無羊》「牧人所夢，眾維魚矣，旐維旟矣」，其中對「維」的訓釋，諸家歧義互出，迄無定論。作者從民俗文化的角度，以同是寫夢的《小雅‧斯干》之相似句型類比，論證高亨訓「維」為「與」堪為確詁。《斯干》第七章「維熊維羆，男子之祥；維虺維蛇，女子之祥」，眾（通「螽」）與魚皆有眾多的意蘊，旐與旟則為同類事物，猶熊與羆、虺與蛇之連類並舉。故「眾維魚矣，旐維旟矣」猶「維眾維魚，維旐維旟」，顯見「維」解為並列連詞「與」最為妥當。《周南‧螽斯》以螽斯之多卵寓意兒孫滿堂，祝人多子多孫。「眾」與「螽」通，「螽」既然可以用來祝人室家繁盛，自然也可以用來預兆豐年，這種含義既與它的成群出現有關，亦與「眾」諧音有關，由此生發聯想。同理，魚也取其眾多的意象。「魚」音「餘」，古春聯「新年納餘慶，嘉節號長春」用「餘」、「長」等字眼祈禱豐年，至今除夕有吃魚的風俗，即是預祝來年有餘也，並非要魚眾多纔是豐年之兆。而旐旟，一方面所以聚眾，另一方面「旐」音「兆」，「兆」有眾義，「旟」亦與「餘」諧音，如《說文》所釋，亦有眾義，故聯想到子孫昌盛。作者從民俗文化的觀點作出這樣平易的解釋是順乎邏輯，合乎情理的。

　　如上所論，《詩經通釋》確實在字詞訓詁、句法修辭、文化探索諸方面都取得了可喜成果。作為通釋性著作，如果把相關訓釋打通系聯，既可彰顯通釋之長，又可加強學術系統性。如《鄭風·清人》「河上乎翱翔」與「河上乎逍遙」；《齊風·載驅》「齊子翱翔」與「齊子遊敖」；《檜風·羔裘》「羔裘逍遙」與「羔裘翱翔」分別相對為文，「翱翔」、「逍遙」、「遊敖」變文協韻，義訓相同。可知《莊子》「逍遙遊」實為 2＋1 的並列式同義結構。《詩經通釋》有的注釋過簡，有的說法尚可斟酌，如認為「馬跑得快，今人猶說『跑馬溜溜』，亦並非無因也，溜溜本是形容流水的，形容馬，行雲流水意也」。然則《康定情歌》之「溜溜」與《王風·丘中有麻》之「留」風馬牛不相及，前者是民歌襯音詞，只追求語音效果，如「一朵溜溜」、「端端溜溜」、「康定溜溜」、「一來溜溜」、「二來溜溜」、「會當溜溜」，其中「溜溜」並無實義。學問無止境，作者繼續深入研究，必可百尺竿頭更進一步。

原載《湖南大學學報》（哲社版）2008 年第 2 期。

《紅樓夢》前八十回「紅」字研究

摘　要

　　本文研究依據的文本，是馮其庸纂校訂定的《八家評批紅樓夢》（北京：文化藝術出版社，1991 年 9 月版）。本文對《紅樓夢》前八十回「紅」字的研究，包括如下方面：

　　（A）出現頻率：有 6 個回目為 0 次，頻率最低；有 1 個回目為 42 次，頻率最高。出現頻率為 12、15、16、17、18、32、42 次的都只有 1 個回目，回目數最少；出現頻率為 3 次的有 13 個回目，回目數最多。

　　（B）構詞能力：以「紅」為語素構成的詞有 48 個：雙音節詞 31 個，三音節詞 11 個，四音節詞 6 個。

　　（C）結構方式：雙音節詞有偏正、述賓、述補、聯合、附加、重疊 6 種；三音節詞有偏正、聯合、附加 3 種；四音節詞有主謂、偏正、聯合 3 種。

　　（D）組合能力：「紅」作為詞或以「紅」作為語素的詞組合的短語有 134 個。短語的音節組合類型有 9 種。短語的語法結構類型有 5 種。

　　（E）句法功能：「紅」作為單音詞獨立運用的語句共 36 例，單獨充當 5 種句子成分。以「紅」為語素構成的複音詞有 48 個，句法功能各詞不一。

　　（F）詞義分布：單音詞「紅」有三個義項。以「紅」為語素構成的複音詞中單義詞 37 個，有兩個義項的詞 11 個。「紅」作為詞或以「紅」作為語素的詞組合的短語中，

有 121 個短語裏的「紅」，意義均為「紅色」。在具有其他意義的 13 個短語中，「紅」僅在一個短語中具有多義特徵，其餘都是單義。

（G）語義結構：「紅」作為單音詞以及由「紅」構成的複音詞和短語共有七個義類，分為四個層次。

（H）文化內涵：根據文本確定「紅」有三種文化內涵。

關鍵詞：紅樓夢；前八十回；「紅」字；義類；文化內涵

一、介紹與研究

（一）出現頻率

「紅」字在前八十回的回目和正文中共出現 479 次，具體分布如下：

回 目	所 在 頁 碼	次 數
1	4、6、16、19	6
2	48	1
3	60、63、67、68、71、72	10
4	91	1
5	110、114、116、123、124、125、127	9
6	148、157、158、160	9
7	185	1
8	194、195、197、199、203	6
9	219、221、225	4
10		0
11	250、253、254、255	4
12		0
13	286、290	2
14	303	1
15	314、321	2
16		0
17	363、364、368、372、373	6
18	397、398、399、400、401、402、403	12
19	418、420、421、424、430、435	9
20		0
21	467、468、474	3
22		0
23	523、526、527、528、529	7

24	540、554、555、556	15
25	563、564、571、572、573、578	10
26	587、588、589、590、591、592、593、594、596、603	42
27	616、619、620、621、622、623、624、625、626、630	32
28	638、639、644、646、650、655、656、657、661	11
29	677、692、695	3
30	710、712、713、719	5
31	744、747、751	3
32	761、762、765、770	4
33	786、789、794	3
34	806、818、819	4
35	834、837、843、848、850	10
36	865、866、867、869、870、872、874	9
37	895、899	2
38	919、923、924、928	5
39	942、944、950、954	5
40	962、964、965、966、973、978、979、980	11
41	991、1004	2
42	1015、1019、1023	4
43	1045	1
44	1056、1061、1063	3
45	1089、1091、1092	3
46	1107、1109、1114	5
47	1131、1132、1137	3
48	1164	2
49	1175、1177、1185、1186、1188	10
50	1208、1209、1210、1212、1214、1215、1219	17
51	1231、1233、1234、1235、1237、1241	9
52	1254、1257、1261、1264、1265、1269	7
53	1286、1291、1294、1298、1299	9
54	1317	1
55	1327、1329、1331	4
56	1358、1369	3
57	1382、1384、1395、1396、1398	8
58	1426、1427、1431、1432、1434	5
59	1448、1450、1452	3

60	1462、1464、1465、1466、1471、1472、	6
61	1484、1487、1492、1494	5
62	1507、1512、1513、1515、1518、1519、1521、1527、1528、1529、1531、1532	16
63	1544、1545、1547、1548、1549、1550、1552、1555、1557、1558、1559、1562、1566	18
64	1580、1587、1588	3
65	1613、1616、1624	4
66	1640、1641	2
67	1656、1660、1661	3
68	1691	2
69	1705	1
70	1719、1721、1722、1724、1728、1730	9
71	1740、1743、1744、1745、1751、1755	6
72	1761、1764、1766	3
73	1780、1786、1793	3
74	1799、1802、1805、1807、1808、1817	6
75		0
76	1858、1866	2
77	1884、1885、1892、1893、1894	7
78	1920、1927、1928、1932、1933	7
79	1945、1948、1949、1951、1952	8
80	1963、1964	2

由上表可見，第 10、第 12、第 16，第 20、第 22、第 75 回的出現次數為 0 最低，第 26 回出現次數為 42 最高。

（二）構詞能力

以「紅」為語素構成的詞有 48 個。詞後面括號裏所標的第一個數字，是該詞在書中出現的次數，其餘的數字是出現的頁碼。

（1）雙音節詞 31 個

紅塵（6，4、6、286、401、1219）

大紅（3，848、850）

猩紅（3，67、157、1214）

女紅（1，91）

紅娘（3，114、979、1432）

紅粉（2，127、1927）

桃紅（2，848）

飛紅（3，221、1019、1254）

紅妝（2，195、403）

掃紅（3，225、1265）

硃紅（2，290、1291）

紅的（3，368、424）

通紅（8，420、527、765、818、1131、1241、1331、1964）

落紅（2，526、1728）

水紅（4，540、1186、1234、1548）

小紅（77，554、555、556、563、564、587、588、589、590、591、
594、620、621、622、623、624、625、626、646、657、677、1231、
1472、1660）

紅玉（3，555、625、1948）

殘紅（1，616）

紅兒（2，619、625）

紅顏（4，630、1427、1587）

紅豆（1，650）

紅脹（2，710、1894）

嫣紅（2，1137、1802）

紅袖（2，1175、1210）

紅香（2，1185、1521）

下紅（2，1327）

怡紅（1，1544）

粉紅（1，1559）

紅拂（1，1588）

紅紅（1，1705）

新紅（1，1721）

（2）三音節詞 11 個

　　悼紅軒（1，6）

　　紅樓夢（5，110、116、124、125）

　　怡紅院（62，398、399、402、523、555、571、590、592、593、603、

626、639、695、719、747、751、794、834、837、843、865、869、

874、991、1004、1045、1061、1114、1177、1358、1369、1382、1384、

1448、1452、1465、1466、1471、1487、1545、1550、1580、1724、

1744、1745、1780、1799、1805、1808、1884、1932、1949、1951、

1952）

　　穿紅的（1，424）

　　紅姐姐（1，591）

　　大紅的（2，848，962）

　　銀紅的（3，965）

　　海棠紅（1，1431）

　　紅香圃（6，1512、1513、1515、1521、1527、1562）

　　月月紅（1，1528）

　　絳紅的（1，1892）

（3）四音節詞 6 個

　　千紅一窟（1，123）

　　青紅皂白（4，321、571、819、1494）

　　姹紫嫣紅（1，529）

　　怡紅公子（3，895、923、924）

　　嫣紅姑娘（1，1730）

　　花紅柳綠（2，1786、1807）

（三）結構方式

1. 雙音節詞的結構方式

（1）偏正式 24 個：紅塵、大紅、猩紅、女紅、紅娘、紅粉、桃紅、飛紅、紅妝、硃紅、通紅、落紅、水紅、小紅、紅玉、殘紅、紅顏、紅豆、嫣紅、紅袖、紅香、粉紅、紅拂、新紅。

（2）述賓式 2 個：掃紅、下紅。

（3）述補式 1 個：怡紅

（4）聯合式 1 個：紅脹

（5）附加式 2 個：紅的、紅兒。

（6）重疊式 1 個：紅紅

2. 三音節詞的結構方式

三音節詞的結構方式有兩個層次，本文按第一結構層次分列，詞後的括號內標明第二結構層次關係。

（1）偏正式 6 個：悼紅軒（述補）、紅樓夢（偏正）、怡紅院（述補）、海棠紅（偏正）、紅香圃（聯合）、月月紅（重疊）。

（2）聯合式 1 個：紅姐姐（重疊）

（3）附加式 4 個：穿紅的（述賓）、大紅的（偏正）、銀紅的（偏正）、絳紅的（偏正）。

3. 四音節詞的結構方式

四音節詞的結構方式也有兩個層次，詞後的括號內按語素先後依次標明第二結構層次關係。

（1）主謂式 1 個：千紅一窟（偏正，偏正）

（2）偏正式 1 個：怡紅公子（述補，偏正）。

（3）聯合式 4 個：青紅皂白（聯合，聯合）、姹紫嫣紅（偏正，偏正）、嫣紅姑娘（偏正，聯合）、花紅柳綠（主謂，主謂）。

（四）組合能力

1. 短語的音節組合類型

「紅」作為詞或以「紅」作為語素的詞組合的短語有 134 個。短語後面括號裏所標的第一個數字，是該短語在書中出現的次數，其餘的數字是出現的頁碼。

（1）雙音節短語 32 個：

紅日（2，16、978）

紅綾（7，48、68、467、1091、1529、1719、1893）

紅絲（2，72、1369）

紅鞋（3，72、303、1616）

紅氈（7，132、973、1294、1298、1740、1507）

紅漲（2，148）

飛紅（3，160、1092、1558）

紅綢（3，194、1237、1719）

紅葉（1，255）

紅漆（1，363）

紅杏（3，364、978、1552）

微紅（1，421）

穿紅（2，424）

愛紅（1，430）

紅棗（2，435、1264）

紅絛（1，468）

紅菱（1，899）

紅脂（1，928）

紅圈（2，1164）

紅梅（13，1175、1188、1208、1209、1210、1215、1317）

紅雪（1，1212）

紅槀（1，1286）

紅繩（1，1299）

紅線（1，1396）

紅色（1，1462）

紅燭（1，1519）

硬紅（1，1548）

搶紅（1，1549）

紅字（1，1552）

桃紅（1，1555）

紅褲（2，1719、1920）

紅燈（1，1928）

（2）三音節短語 20 個：

　　紅哨帳（4，19、1933、1945）

　　紅綾襖（1，68）

　　大紅鞋（1，72）

　　猩紅氈（1，1294）

　　紅刀子（1，185）

　　大紅襖（1，197）

　　紅鞓帶（1，314）

　　紅了臉（43，572、573、578、596、761、806、869、872、919、1019、
　　1023、1089、1107、1109、1261、1269、1291、1395、1398、1426、
　　1450、1484、1492、1518、1529、1531、1532、1552、1558、1566、
　　1640、1764、1793、1858、1885、1894、1945、1951、1963）

　　紅麝串（1，638）

　　大紅紗（1，644）

　　紅氈子（2，973、1507）

　　紅烙鐵（1，1056）

　　紅梅花（3，1209、1210）

　　紅緞子（1，1257）

　　紅梅詩（1，1209）

　　紅棗湯（1，1264）

　　大紅繩（1，1298）

　　紅香枕（1，1557）

　　紅綢子（1，1719）

　　紅裙子（1，1755）

（3）四音節短語 48 個：

　　穿紅著綠（2，60、1015）

　　猩紅洋毯（1，67）

　　大紅箭袖（1，71）

　　桃紅柳綠（1，127）

　　猩紅氈簾（2，157、1214）

眼紅面青（1，1464）

紅飛翠舞（1，1519）

石榴紅綾（1，1529）

粉紅箋紙（1，1559）

大紅小襖（1，1613）

綠褲紅鞋（1，1616）

又紅又香（1，1624）

紅綠離披（1，1661）

紅褲綠襪（1，1719）

大紅緞子（1，1751）

一紅一白（1，1761）

紅白大禮（1，1766）

大紅褲子（1，1920）

（4）五音節短語 13 個：

大紅漆捧盒（1，158）

桃紅灑花襖（1，158）

杏子紅綾被（1，467）

大紅汗巾子（2，655、656）

銀紅紗衫子（1，867）

銀紅蟬翼紗（1，964）

大紅棉紗襖（1，966）

大紅猩猩氈（6，1185、1186、1188、1215、1235、1264）

大紅羽縐面（1，1185）

紅緞子角兒（1，1257）

硃紅大高燭（1，1291）

大紅雙喜箋（1，1817）

紅綾小襖兒（1，1893）

（5）六音節短語 9 個：

銀紅撒花椅搭（1，67）

大紅灑花軟簾（1，158）

大紅猩氈斗笠（1，203）

硃紅銷金大牌（1，290）

水紅綾子襖兒（1，540）

水紅灑花夾褲（1，1548）

紅綢小綿襖兒（1，1237）

紅香羊皮小靴（1，1185）

紅綢子小衣兒（1，1719）

（6）七音節短語 5 個：

大紅雲緞窄褙襖（1，63）

大紅金錢蟒引枕（1，67）

大紅猩猩氈斗篷（1，744）

大紅棉紗小襖兒（1，1547）

硬紅鑲金大墜子（1，1548）

（7）八音節短語 5 個：

銀紅撒花半舊大襖（1，72）

大紅洋縐銀鼠皮裙（1，158）

大紅羽緞對衿褂子（1，199）

大紅金蟒狐腋箭袖（1，421）

大紅銷金撒花帳子（1，592）

（8）九音節短語 1 個：桃紅百花刻絲銀鼠襖（1，1233）

（9）十音節短語 1 個：玉色紅青駝絨三色緞子（1，1548）

2. 短語的語法結構類型

「紅」作為詞或以「紅」作為語素的詞所組合的短語語法結構類型有 6 種。限於篇幅，本文不標明四音節以上短語的深層結構關係。

（1）定中短語 104 個：紅日、紅綾、紅絲、紅鞋、紅氈、紅綢、紅葉、紅漆、紅杏、紅棗、紅絛、紅菱、紅脂、紅圈、紅梅、紅雪、紅稟、紅繩、紅線、紅色、紅燭、紅字、紅褲、紅燈、紅綃帳（偏正）、紅綾襖（偏正）、大紅鞋（偏正）、猩紅氈（偏正）、紅刀子（附加）、大紅襖（偏正）、紅鞓帶（偏正）、紅麝串（偏正）、大紅紗（偏正）、紅氈子（附加）、紅烙鐵（偏正）、紅梅花（偏

正）、紅緞子（附加）、紅梅詩（偏正）、紅棗湯（偏正）、大紅繩（偏正）、紅香枕（聯合）、紅綢子（附加）、紅裙子（附加）、猩紅洋毯（偏正，偏正）、大紅箭袖（偏正，偏正）、猩紅氈簾（偏正，偏正）、大紅條氈（偏正，偏正）、紅綢軟簾（偏正，偏正）、紅漆竹簾（偏正，偏正）、紅杏梢頭（偏正，偏正）、紅綠二字（聯合，偏正）、大紅尺頭（偏正，附加）、銀紅襖兒（偏正，附加）、大紅妝緞（偏正，偏正）、紅麝香珠（偏正，偏正）、紅汗巾子（偏正，附加）、大紅襖兒（偏正，附加）、紅綾短襖（偏正，偏正）、水紅妝緞（偏正，偏正）、水紅綢裏（偏正，偏正）、大紅羽緞（偏正，偏正）、大紅衣裳（偏正，偏正）、大紅繡幔（偏正，偏正）、大紅彩繡（偏正，偏正）、石榴紅綾（偏正，偏正）、粉紅箋紙（偏正，偏正）、大紅小襖（偏正，偏正）、大紅緞子（偏正，附加）、紅白大禮（聯合，偏正）、大紅褲子（偏正，附加）、大紅漆捧盒、桃紅灑花襖、杏子紅綾被、大紅汗巾子、銀紅紗衫子、銀紅蟬翼紗、大紅棉紗襖、大紅猩猩氈、大紅羽縐面、紅緞子角兒、硃紅大高燭、大紅雙喜箋、紅綾小襖兒、銀紅撒花椅搭、大紅灑花軟簾、大紅猩氈斗笠、硃紅銷金大牌、水紅綾子襖兒、水紅灑花夾褲、紅綢小綿襖兒、紅香羊皮小靴、紅綢子小衣兒、大紅雲緞窄褙襖、大紅金錢蟒引枕、大紅猩猩氈斗蓬、大紅棉紗小襖兒、硬紅鑲金大墜子、銀紅撒花半舊大襖、大紅洋縐銀鼠皮裙、大紅羽緞對衿褂子、大紅金蟒狐腋箭袖、大紅銷金撒花帳子、桃紅百花刻絲銀鼠襖、玉色紅青駝絨三色緞子。

（2）狀中短語 1 個：微紅

（3）主謂短語 3 個：紅漲、紅綠離披（聯合，聯合）、桃紅

（4）述賓短語 5 個：愛紅、穿紅、搶紅、紅了臉、飛紅

（5）聯合短語 21 個：

硬紅、穿紅著綠（述賓，述賓）、桃紅柳綠（主謂，主謂）、紅香綠玉（主謂，主謂）、怡紅快綠（述補，述補）、臉紅耳赤（主謂，主謂）、紅消香斷（主謂，主謂）、臉紅頭脹（主謂，主謂）、白綾紅裏（偏正，偏正）、紅蓮綠葉（偏正，偏正）、粉淡脂紅（主謂，主謂）、蓼紅葦白（主謂，主謂）、青臉紅髮（偏正，偏正）、婚喪紅白（聯合，聯合）、面紅髮亂（主謂，主謂）、眼紅面青（主謂，主謂）、紅飛翠舞（主謂，主謂）、綠褲紅鞋（偏正，偏正）、又紅又香（偏正，偏正）、紅褲綠襪（偏正，偏正）、一紅一白（偏正，偏正）。

（五）句法功能

1.「紅」作為單音詞獨立運用的語句共 36 例，單獨充當 5 種句子成分。所列語句後面的括號裏，逗號前所標的數字是該語句在書中出現的回目，逗號後的數字是該語句在書中出現的頁碼。

（1）充當主語 6 例：

綠裁歌扇迷芳草，紅襯湘裙舞落梅。（18，400）

揉碎桃花紅滿地，玉山傾倒再難扶。（66，1641）

樹樹煙封一萬株，烘照樓壁紅模糊。（70，1721）

一般的也有「紅綻雨肥梅」。（70，1722）

骰彩紅成點。（76，1866）

故櫻唇紅褪，韻吐呻吟。（78，1932）

上文之「紅綻雨肥梅」引自唐代杜甫《陪鄭廣文遊何將軍山林》「綠垂風折筍，紅綻雨肥梅」，顯見「紅」是主語，然「紅綻雨肥梅」作為引句又是「有」的賓語。

（2）充當謂語 25 例：

唇不點而紅，眉不畫而翠。（8、28，194、661）

又見秦鍾靦腆溫柔，未語先紅，怯怯羞羞，有女兒之風。（9，219）

鳳姐聽了，眼圈兒紅了。（11，250）

卻是他敬我，我敬他，從來沒紅過臉兒。（11，253）

鳳姐兒聽了，不覺眼圈兒又紅了。（11，254）

寶玉云：「大約騷人詠士以此花紅若施脂，弱如扶病……」（17，372）

說到「欺負」二字，就把眼圈兒紅了，轉身就走。（23，528）

又兼方才所見《西廂記》中「花落水流紅，閒愁萬種」之句。（23，529）

由不得眼圈兒紅了。（26，589）

小紅不覺把臉一紅。（26，591）

回思了一回，臉紅起來。（30，712）

說著眼圈兒就紅了。（32，762）

他就連眼圈兒都紅了。（32，770）

賈政一見，眼都紅了。（33，789）

說著不覺眼圈兒紅了。（39，942）

姑娘今日臉上有些春色，眼睛圈兒都紅了。（39，944）

不得已喝了兩鍾，臉就紅了。（39，944）

桃未芳菲杏未紅，沖寒先喜笑東風。（50，1210）

芳官聽了，眼圈兒一紅。（58，1434）

香菱臉又一紅。（62，1532）

說著，眼圈兒又紅了。（67，1656）

說著，把臉卻一紅，眼圈兒也紅了。（68，1691）

平兒把眼圈一紅。（71，1743）

（3）充當賓語 2 例：

鴛鴦道：「中間『三四』綠配紅」。（40，980）

平兒倒在掌上看時，果見輕、白、紅、香，四樣俱美。（44，1063）

（4）充當定語 2 例：

不似別家另外用這些「春」、「紅」、「香」、「玉」等豔字。（2，48）

邢大妹妹做「紅」字。（50，1209）

（5）充當補語 1 例：

聽了這話，早把臉羞紅了。（30，713）

2. 以「紅」為語素構成的複音詞有 48 個，下文逐詞考察其句法功能。

紅塵

（1）充當賓語 4 例：

空空道人乃從頭一看，原來是無才補天，幻形入世，被那茫茫大士、渺渺真人攜入紅塵引登彼岸的一塊頑石。（1，4）

無才可去補蒼天，枉入紅塵若許年。（1，4）

如何肯又回家染了紅塵，將前功盡棄。（13，286）

宸遊增悅豫，仙境別紅塵。（18，401）

（2）充當定語 1 例：

城中閶門，最是紅塵中一二等富貴風流之地。（1，6）

（3）充當狀語 1 例：

溪壑分離，紅塵遊戲，真何趣？（50，1219）

大紅

共出現 43 次。

2 次作為三音節詞的構成成分（35，848）（40，962）。

39 次作為定中短語構成成分（3，63）（3，67）（3，71）（3，72）（6，158）（8，197）（8，199）（8，203）（19，421）（21，474）（26，592）（28，644）（28，646）（28，655）（28，656）（31，744）（39，950）（40，966）（49，1185）（49，1186）（49，1188）（50，1215）（51，1235）（51，1241）（52，1264）（53，1294）（53，1298）（63，1547）（65，1613）（65，1616）（71，1751）（74，1817）（78，1920）。

有 2 次單用，其中 1 次是後加語氣詞「的」。

（1）充當主語 1 例：

　　若用雜色，斷然使不得。大紅又犯了色，黃的又不起眼，黑的又太暗。（35，850）

（2）充當謂語 1 例：

　　鴛兒道：「汗巾子是什麼顏色？」寶玉道：「大紅的。」（35，848）

猩紅

共出現 3 次，只在定中短語中充當修飾成分，不單用。（3，67）（6，157）（50，1214）

女紅

構成介賓短語作狀語，不單用：

　　卻以紡績女紅為要。（4，91）

紅娘

（1）充當賓語 1 例：

　　把個鶯鶯小姐反弄成才拷打完的紅娘了！（58，1432）

（2）構成主謂短語作賓語 1 例：

　　黛玉道：「紗窗也沒有紅娘報。」（40，979）

（3）構成主謂短語作定語 1 例：

　　移了紅娘抱過的鴛枕。（5，114）

紅粉

（1）充當主語 1 例：

紅粉不知愁，將軍意未休。（78，1927）

（2）充當賓語 1 例：

辜負了紅粉朱樓春色闌。（5，127）

桃紅

共出現 6 次，其中 2 次在定中短語中充當修飾成分（6，158）（51，1233），1 次在聯合短語中充當並列成分（5，127），另有 1 次為主謂短語作主語：

桃紅又見一年春。（63，1555）

充當賓語 2 例：

鶯兒道：「松花配桃紅。」（35，848）

寶玉道：「也罷了。也打一條桃紅，再打一條蔥綠。」（35，848）

飛紅

共出現 6 次，其中 3 例為述賓短語（6，160）（45，1092）（63，1558）分別作定語與謂語。

（1）充當謂語 1 例：

寶釵見他羞的滿臉飛紅，滿口央告。（42，1019）

（2）充當定語 1 例：

秦、香二人就急得飛紅的臉。（9，221）

（3）充當補語 1 例：

只有晴雯獨臥於炕上，臉上燒的飛紅。（52，1254）

紅妝

（1）充當主語 1 例：

綠蠟春猶卷，紅妝夜未眠。（18，403）

（2）充當賓語 1 例：

白骨如山忘姓氏，無非公子與紅妝。（8，195）

掃紅

（1）充當主語 1 例：

掃紅、鋤藥手中都是馬鞭子。（9，225）

（2）充當賓語 1 例：

一名掃紅，一名鋤藥。（9，225）

（3）充當定語 1 例：

帶著焙茗、伴鶴、鋤藥、掃紅四個小廝。（52，1265）

硃紅

共出現 2 次，只在定中短語中充當修飾成分，不單用（13，290）（53，1291）。

紅的

（1）充當主語 1 例：

紅的自然是紫芸，綠的定是青芷。（17，368）

（2）充當賓語 2 例：

……想是說他那裡配穿紅的。（19，424）

寶玉笑道：「不是，不是，那樣的人不配穿紅的，誰還敢穿？」（19，424）

通紅

（1）充當謂語 4 例：

寶玉見房中三五個女孩兒，見他進來，都低了頭，羞臉通紅。（19，420）

林黛玉聽了，不覺帶腮連耳通紅。（23，527）

邢夫人滿面通紅。（47，1131）

吳新登家的滿面通紅，忙轉身出來。（55，1331）

（2）與方位詞組構成主謂短語充當賓語 1 例：

揭起錦袱一照，只見腮上通紅，真合壓倒桃花，卻不知病由此萌。（34，818）

（3）充當定語 1 例：尚有金鳳仙花染的通紅的痕跡。（51，1241）

（4）與名詞構成主謂短語充當補語 2 例：

見他走了，登時羞得臉通紅。（32，765）

自己倒羞的耳面通紅，轉身迴避不及。（80，1964）

落紅

（1）與動詞構成主謂短語充當賓語 1 例：

正看到「落紅成陣」。（23，526）

（2）充當定語 1 例：

幾處落紅庭院，誰家香雪簾櫳。（70，1728）

水紅

共出現 4 次，只在定中短語中充當修飾成分，不單用（24，540）（49，1186）（51，1234）（63，1548）。

小紅

共出現 76 次。

（1）充當主語 58 例：（24，554）（24，555）（24，556）（25，563）（25，564）（26，587）（26，588）（26，589）（26，590）（26，591）（27，620）（27，621）（27，622）（27，623）（27，624）（27，625）（27，626）（29，677）（51，1231）

（2）充當賓語 15 例：（24，554）（24，555）（26，590）（26，591）（26，594）27，622）（27，624）（28，646）（60，1472）（67，1660）

（3）充當兼語 1 例：

二奶奶打發人叫了小紅去了。（28，657）

（4）與動詞構成主謂短語充當賓語 2 例：

今聽見小紅問墜兒。（26，594）

誰知小紅聽了寶釵的話。（27，620）

紅玉

（1）充當謂語 1 例：

小名紅玉。（24，555）

（2）充當賓語 1 例：

小紅道：「原叫紅玉的，因為重了寶二爺，如今只叫紅兒了。」（27，625）

（3）充當定語 1 例：

池塘一夜秋風冷，吹散芰荷紅玉影。（79，1948）

殘紅

充當賓語 1 例：

埋香冢飛燕泣殘紅。（27，616）

紅兒

（1）充當賓語 1 例：

小紅道：「原叫紅玉的，因為重了寶二爺，如今只叫紅兒了。」（27，625）

（2）充當定語 1 例：

大似寶玉房裏紅兒的言語。（27，619）

紅顏

（1）充當主語 3 例：

一朝春盡紅顏老，花落人亡兩不知。（27，630）

岫煙也不免烏髮如銀，紅顏似縞了。（58，1427）

絕豔驚人出漢宮，紅顏命薄古今同。（64，1587）

（2）與動詞構成主謂短語充當定語 1 例：

試看春殘花漸落，便是紅顏老死時。（27，630）

紅豆

充當賓語 1 例：

滴不盡相思血淚拋紅豆。（28，650）

紅脹

（1）充當謂語 1 例：

登時臉上紅脹。（30，710）

（2）與名詞構成主謂短語充當補語 1 例：

急得滿面紅脹。（77，1894）

嫣紅

共出現 3 次，其中一次構成四音節詞（70，1730）。

（1）與其他名詞構成聯合短語充當主語 1 例：

嫣紅、翠雲那幾個人也都是年輕的人。（74，1802）

（2）充當賓語 1 例：

買了一個十七歲女孩子來，名喚嫣紅。（47，1137）

紅袖

（1）充當主語 1 例：

綠蓑江上秋聞笛，紅袖樓頭夜倚欄。（49，1175）

（2）充當定語 1 例：

幽夢冷隨紅袖笛，遊仙香泛絳河槎。（50，1211）

紅香

共出現 2 次，其中一次充當定中短語的修飾成分（49，1185）。

與動詞構成主謂短語充當謂語 1 例：

四面芍藥花飛了一身，滿頭臉衣襟上皆是紅香散亂。（62，1521）

下紅

（1）充當主語 1 例：

下紅也漸漸止了。（55，1327）

（2）充當定語 1 例：

一月之後，又添了下紅之症。（55，1327）

怡紅

充當賓語 1 例：

壽怡紅群芳開夜宴。（63，1544）

粉紅

僅出現 1 次，充當定中短語的修飾成分（63，1559），不單用。

紅拂

僅作為詩歌的標題，不充當任何句子成分（64，1588）。

紅紅

充當狀語 1 例：

賈母見他眼睛紅紅的腫了。（69，1705）

新紅

充當賓語 1 例：

花綻新紅葉凝碧。（70，1721）

悼紅軒

與介詞構成介賓短語充當狀語 1 例：

後因曹雪芹於悼紅軒中披閱十載。（1，6）

紅樓夢

（1）充當賓語 2 例：

　　賈寶玉神遊太虛境，警幻仙曲演紅樓夢。（5，110）

　　演出這，悲金悼玉的《紅樓夢》。（5，125）

（2）充當定語 2 例：

　　回頭命小環取了《紅樓夢》原稿來，遞與寶玉。（5，124）

　　［紅樓夢引子］開闢鴻濛，誰為情種？（5，124）

（3）與名詞構成定中短語充當定語 1 例：

　　新填《紅樓夢》仙曲十二支。（5，116）

怡紅院

共出現 62 次。

（1）充當主語 1 例：

　　怡紅院別說別的，單只說春夏天二季玫瑰花，共下多少花朵？（56，
1358）

（2）與其他名詞構成聯合短語充當主語 1 例：

　　可惜蘅蕪苑和怡紅院這兩處大地方竟沒有出息之物。（56，1358）

（3）充當謂語 1 例：

　　此中瀟湘館、蘅蕪苑二處，我所極愛，次之怡紅院、瀟葛山莊。（18，
399）

（4）充當賓語 23 例：

　　「紅香綠玉」改作「怡紅快綠」，賜名「怡紅院」。（18，398）

餘 22 例索引：（18，402）（23，523）（26，590）（26，592）（26，593）（30，
719）（31，751）（36，865）（36，869）（41，991）（41，1004）（57，1384）（59，
1448）（70，1724）（71，1744）（71，1745）（74，1805）（77，1884）（79，1949）
（79，1951）（79，1952）。

（5）充當定語 6 例：

　　一直到了怡紅院門口。（35，843）

　　一徑到了怡紅院門首。（61，1487）

　　只見怡紅院凡上夜的人都迎了出去。（63，1545）

　　因思素與怡紅院的人最為深厚。（74，1799）

快叫怡紅院晴雯姑娘的哥嫂來。（77，1884）

怡紅院濁玉，謹以群花之蕊……（78，1932）

（6）與方位詞構成定中短語充當狀語 1 例：

卻說怡紅院中寶玉方才睡下。（73，1780）

（7）與介詞構成介賓短語充當狀語 14 例：（25，571）（26，603）（27，626）（28，639）（29，695）（30，719）（31，747）（35，834）（46，1114）（56，1369）（59，1452）（61，1487）。

（8）與介詞構成介賓短語充當補語 1 例：

這紅玉年十六進府當差，把他派在怡紅院中。（24，555）

（9）與方位詞構成定中短語充當補語 14 例：（26，592）（33，794）（35，837）（36，874）（43，1045）（44，1061）（49，1177）（57，1382）（60，1465）（60，1466）（60，1471）（63，1550）（64，1580）（74，1808）。

穿紅的

充當主語 1 例：

乃笑問襲人道：「今兒那個穿紅的是你什麼人？」（19，424）

紅姐姐

充當主語 1 例：

紅姐姐，你在這裡作什麼呢？（26，591）

大紅的

（1）充當主語 1 例：

鶯兒道：「大紅的須是黑絡子才好看，或是石青的才壓得住顏色。」（35，848）

（2）充當賓語 1 例：

賈母便揀了一朵大紅的簪於鬢上。（40，962）

銀紅的

（1）充當主語 1 例：

那銀紅的又叫做「霞影紗」。（40，965）

（2）充當賓語 1 例：

一樣松綠的，一樣就是銀紅的。（40，965）

（3）與介詞構成介賓短語充當狀語 1 例：

　　明日就找出幾匹來，拿銀紅的替他糊窗子。（40，965）

海棠紅

充當定語 1 例：

　　那芳官只穿著海棠紅的小綿襖。（58，1431）

紅香圃

（1）充當賓語 2 例：

　　同到芍藥欄中紅香圃。（62，1512）

　　仍往紅香圃尋眾姐妹。（62，1527）

（2）與形容詞構成主謂短語充當賓語 1 例：

　　因飯後平兒還席，說紅香圃太熱。（63，1562）

（3）充當定語 1 例：

　　忽見門斗上貼著「紅香圃」三個字。（62，1515）

（4）與方位詞構成定中短語充當補語 2 例：

　　一同到了紅香圃中。（62，1513）

　　同著來至紅香圃中。（62，1521）

月月紅

充當賓語 1 例：

　　那個又說：「我有月月紅。」（62，1528）

絳紅的

充當主語 1 例：

　　看時，絳紅的，也不大象茶。（77，1892）

千紅一窟

充當賓語 1 例：

　　此茶名曰「千紅一窟」。（5，123）

青紅皂白

充當賓語 4 例：

　　不料守備家一知此信，也不問青紅皂白，便來作踐辱罵。（15，321）

　　又有欠字，遂不顧青紅皂白，滿口應承。（25，571）

消消停停的，就有個青紅皂白了。（34，819）

但寶玉為人，不管青紅皂白，愛兜攬事情。（61，1494）

姹紫嫣紅

與動詞構成主謂短語充當謂語 1 例：

原來是姹紫嫣紅開遍，似這般都付與斷井頹垣。（23，529）

怡紅公子

共出現 3 次，其中 2 次為詩歌署名，不充當任何句子成分。

充當主語 1 例：

李紈道：「怡紅公子是壓尾，你服不服？」（37，895）

嫣紅姑娘

與動詞構成主謂短語充當謂語 1 例：

這是大老爺那院裏嫣紅姑娘放的。（70，1730）

花紅柳綠

充當定語 2 例：

手內拿著個花紅柳綠的東西。（73，1786）

誰許你這樣花紅柳綠的妝扮。（74，1807）

（六）詞義分布

1. 單音詞「紅」單獨運用共有 36 例，其中兩例的「紅」是純粹的符號標誌：

不似別家另外用這些「春」、「紅」、「香」、「玉」等豔字。（2，48）

邢大妹妹做「紅」字。（50，1209）

其餘 34 例可概括為三個義項：

（1）紅色。9 例：（8，194）（18，400）（28，661）（30，713）（40，980）（44，1063）（70，1721）（76，1866）（78，1932）

（2）發紅，變紅。23 例：（9，219）（11，250）（11，253）（11，254）（17，372）（23，528）（23，529）（26，589）（26，591）（30，712）（32，762）（32，770）（33，789）（39，942）（39，944 二例）（50，1210）（58，1434）（62，1532）（67，1656）（68，1691 二例）（71，1743）

（3）紅色花瓣。2 例：（66，1641）（70，1722）

2. 以「紅」為語素構成的複音詞有 48 個，下文逐詞考察其詞義分布。

紅塵

（1）人世社會。（1，4 二例）（1，6）（18，401）（50，1219）

（2）人世社會的生活習慣。（13，286）

大紅

正赤色。（35，848 二例）（35，850）

猩紅

像猩猩血那樣鮮紅的顏色。（3，67）（6，157）（50，1214）

女紅

女人的針黹技術。（4，91）

紅娘

（1）美女。（5，114）

（2）青年男女戀愛的聯繫人。（40，979）（58，1432）

紅粉

美女。（5，127）（78，1927）

桃紅

（1）熟桃表皮的紅色。（35，848 二例）

（2）桃子發紅。為主謂短語。（63，1555）

飛紅

（1）變得很紅。（6，160）（45，1092）（63，1558）

（2）很紅。（9，221）（42，1019）（52，1254）

紅妝

美女。（8，195）（18，403）

掃紅

寶玉的僮僕名稱。（9，225 二例）（52，1265）

硃紅

像硃砂的紅色。（13，290）（53，1291）

紅的

（1）紅色的服裝。（19，424 二例）

（2）紅色的草本植物。（17，368）

通紅

（1）變得很紅。（19，420）（23，527）（32，765）（34，818）（47，1131）（55，1331）（80，1964）

（2）很紅。（51，1241）

落紅

飄落的紅色花瓣。（23，526）（70，1728）

水紅

淡紅。（24，540）（49，1186）（51，1234）（63，1548）。

小紅

寶玉丫環紅玉的小稱。共出現 76 例，回目與頁碼見上文。

紅玉

（1）寶玉丫環的名稱。（24，555）（27，625）

（2）紅色玉石。（79，1948）

殘紅

凋謝飄落的紅色花瓣。（27，616）

紅兒

寶玉丫環紅玉的別稱。（27，619）（27，625）

紅顏

（1）美麗容顏。（27，630）（58，1427）

（2）美女。（27，630）（64，1587）

紅豆

男女相思血淚。（28，650）

紅脹

發紅。（30，710）（77，1894）

嫣紅

賈赦丫環的名稱。（47，1137）（74，1802）

紅袖

　　美女。（49，1175）（50，1211）

紅香

（1）紅色而有香氣。（49，1185）

（2）紅色而有香氣的花瓣。（62，1521）

下紅

　　女性生殖器不正常出血。（55，1327 二例）

怡紅

　　寶玉的別號。（63，1544）

粉紅

　　紅色與白色調成的顏色。（63，1559）

紅拂

　　唐代傳奇《虯髯客傳》中楊素的婢女，因手執紅色拂塵而得名。（64，1588）

紅紅

　　發炎變紅。（69，1705）

新紅

　　初開的紅花。（70，1721）

悼紅軒

　　哀悼美女的小房間，即曹雪芹寫作《紅樓夢》的書房。（1，6）

紅樓夢

　　曲名，哀悼封建社會末期貴族婦女生活的藝術演繹。（5，110）（5，116）（5，124 二例）（5，125）

怡紅院

　　因花紅而令人愉悅的庭院，即小說《紅樓夢》大觀園中賈寶玉居住的地方。共出現 62 次，回目與頁碼見上文。

穿紅的

　　穿著紅色服裝的人。（19，424）

紅姐姐

寶玉丫環紅玉的敬稱。(26,591)

大紅的

(1) 正赤色的汗巾。(35,848)

(2) 正赤色的菊花。(40,962)

銀紅的

染成銀朱與大紅調配色彩的薄紗。(40,965 三例)

海棠紅

如海棠花色相的紅色。(58,1431)

紅香圃

紅花芬芳的園地,特指大觀園中適宜賞花的三間小敞廳。(62,1512)

(62,1513)(62,1515)(62,1521)(62,1527)(63,1562)

月月紅

月季花。(62,1528)

絳紅的

大紅色的飲料。(77,1892)

千紅一窟

千朵紅色茶花聚集一洞,茶名。(5,123)

青紅皂白

(1) 事情的原委是非。(15,321)(25,571)(61,1494)

(2) 是非明確的結果。(34,819)

姹紫嫣紅

美麗嬌豔的各種花卉。(23,529)

怡紅公子

寶玉的別號。(37,895)(38,923)(38,924)

嫣紅姑娘

賈赦丫環嫣紅的敬稱。(70,1730)

花紅柳綠

顏色駁雜鮮豔。(73,1786)(74,1807)

3.「紅」作為詞或以「紅」作為語素的詞組合的短語有 134 個。「紅」在下列短語中的意義分布：

穿紅

　　　　紅色服裝。（19，424 二例）

愛紅

　　　　美色。（19，430）

紅刀子

　　　　染血、帶血。（7，185）

紅了臉

　　共出現 43 次。

　　（1）愉悅、害羞。（25，572）（25，573）（26，596）（32，761）（36，869）（57，1398 二例）（58，1426）（62，1529）（62，1531）（62，1532）（63，1552）

　　（2）生氣、害羞。（25，578）（38，919）（63，1566）（79，1951）

　　（3）自責、害羞。（34，806 二例）（42，1019）（61，1492）（62，1518）

　　（4）言語或行為失當，難為情。（36，872）（42，1023）（45，1089）（52，1261）（53，1291）（57，1395）（66，1640）（72，1764）（76，1858）（77，1894）（80，1963）

　　（5）憤怒。（46，1107 二例）（46，1109 二例）（52，1269）（59，1450）（61，1484）（73，1793）

　　（6）高興。（63，1558）（79，1945）

　　（7）羞愧。（77，1885）

紅烙鐵

　　　　因高溫而呈紅色。（44，1056）

穿紅著綠

　　　　色彩鮮豔的服裝。（3，60）（42，1015）

紅香綠玉

　　　　紅花。（17，373）（18，397）（18，398）（18，402）

怡紅快綠

　　　　紅花。（4，398）（402）（403）（592）

紅消香斷

　　　紅花。（27，630）

婚喪紅白

　　　婚事。（55，1329）

紅飛翠舞

　　　美女。（62，1519）

紅綠離披

　　　紅色荷花。（67，1661）

紅白大禮

　　　婚事。（72，1766）

其餘 121 個短語裏的「紅」，意義均為「紅色」。

（七）語義結構

除了「女紅」之「紅」本字為「工」，（第四回第 91 頁「女紅」，第六十四回第 1587 頁作「女工」）與「紅」義無關之外，根據以上考察，歸納出「紅」有下列 7 個義類：

1. 紅　色

（1）單音詞「紅」單用 9 例：（8，194）（18，400）（28，661）（30，713）（40，980）（44，1063）（70，1721）（76，1866）（78，1932）

（2）以「紅」為語素構成的複音詞 15 例：大紅、猩紅、桃紅（35，848 二例）、飛紅（9，221）（42，1019）（52，1254）、硃紅、通紅（51，1241）、水紅、紅兒、紅拂、小紅、紅玉、紅香、粉紅、紅姐姐、海棠紅、紅烙鐵。

（3）「紅」作為詞或以「紅」作為語素的詞所組合的短語 121 例，見上文。

2. 紅色物象

（1）紅花：新紅、怡紅、怡紅院、大紅的（40，962）、月月紅、千紅一窟、怡紅公子、紅香綠玉、怡紅快綠、紅消香斷、紅綠離披。

（2）紅色花瓣：掃紅、落紅、殘紅、紅香。

（3）紅色草本植物：紅的（17，368）。

（4）鮮血：紅刀子、下紅。

（5）相思血淚：紅豆。

（6）紅色飲料：絳紅的。

（7）紅色汗巾：大紅的（35，848）。

（8）紅色服裝：紅的（19，424 二例）、穿紅。

（9）身著紅色服裝的人：穿紅的。

3. 紅色動態

（1）發紅、變紅：桃紅（63，1555）、飛紅（6，160）（45，1092）（63，1558）、通紅（19，420）（23，527）（32，765）（34，818）（47，1131）（55，1331）（80，1964）、紅脹、紅紅。

（2）害羞（愉悅、高興）：紅了臉。

（3）害羞（生氣、憤怒）：紅了臉。

（4）害羞（自責、難為情）：紅了臉。

（5）羞愧：紅了臉。

4. 美

（1）色彩鮮豔：花紅柳綠、穿紅著綠。

（2）形象美麗：紅娘、紅粉、紅妝、紅顏、嫣紅、紅袖、嫣紅姑娘、姹紫嫣紅、愛紅。

（3）美女：悼紅軒、紅樓夢、紅飛翠舞。

5. 喜慶婚事：婚喪紅白、紅白大禮。

6. 是非：青紅皂白。

7. 人世社會：紅塵。

「紅」的語義結構層次圖示如下：

第一層次	紅色							
第二層次	紅色物象			紅色動態			美		人世社會
	紅花、紅色花瓣	紅色服裝用品	紅色液體	發紅、變紅			色彩鮮豔	形象美麗	社會習俗
第三層次	紅色草本植物			愉悅、高興	害羞	生氣、憤怒	喜慶	是非	美女
第四層次					難為情	羞愧			

（八）文化內涵

1. 華　貴

「紅樓夢」一詞曹雪芹自創，構成這個三音節語詞的「紅」、「樓」、「夢」三個語素，既可分別與其他語素另構新詞，又可獨立成詞。「紅」無論單獨成詞還是與其他語素構成新詞，或者與其他語詞組合為短語，都沒有「華貴」的意義。然而，在小說的字裏行間，「紅」明顯具有超越諸多詞彙意義的文化內涵。

第一回提到石上書云：「當日地陷東南，這東南有個姑蘇城。城中閶門，最是紅塵中一二等富貴風流之地。」一是「富貴」，二是「風流」，這都是紅塵中應有之事，卻不是「紅」字的當然之義。但《紅樓夢》講的不是坊間陋巷之事，而是豪門兒女之情，這「富貴」、「風流」，是不是「紅」應有的文化稟賦呢？

第五回〔晚韶華〕這段文字，更把「紅」的「華貴」內涵揭示無餘：「鏡裏恩情，更那堪夢裏功名！那美韶華去之何迅！再休提繡帳鴛衾。只這戴珠冠，披鳳襖，也抵不了無常性命。雖說是、人生莫受老來貧，也須要陰騭積兒孫。氣昂昂，頭戴簪纓。光燦燦，胸懸金印。威赫赫，爵祿高登。昏慘慘，黃泉路近。問古來將相可還存？也只是、虛名兒與後人欽敬。」這曲是唱李紈的。李紈是賈府裏深受封建倫理道德薰陶的淑女，金陵十二釵之一，為紅樓典範。張新之評曰：「曲文通體高一層著筆，勘透《紅樓夢》盡頭處，是為中人以上說法。中間『雖說是』『也須要』二語，則是腳踏實地，無人不當知者，發明『紅樓』作用也。」（第128頁）曲詞「氣昂昂，頭戴簪纓。光燦燦，胸懸金印。威赫赫，爵祿高登。」正是「紅」到極盛的描述，張評所謂「高一層著筆」，即是超越普通詞義的文化意蘊。

「紅」的「華貴」還顯現於場景和人物形象的描述，略舉三例：

（1）臨窗大炕上舖著猩紅洋毯，正面設著大紅金錢蟒引枕，秋香色金錢蟒大條褥……地下面西一溜四張椅上，都搭著銀紅撒花椅搭，底下四副腳踏。（第三回，第67～68頁）

（2）原是一個青年公子，頭上戴著束髮嵌寶紫金冠，齊眉勒著二龍搶珠金抹額，一件二色金百蝶穿花大紅箭袖……一回再來時，已換了冠帶。頭上周圍

一轉的短髮，都結成小辮，紅絲結束……身上穿著銀紅撒花半舊大襖……下面半露松花撒花綾褲，錦邊彈墨襪，厚底大紅鞋。（第三回，第71～72頁）

（3）只見門外銅鉤上懸著大紅灑花軟簾，南窗下是炕，炕上大紅條氈……那鳳姐家常帶著紫貂昭君套，圍著攢珠勒子，穿著桃紅灑花襖，石青刻絲灰鼠披風，大紅洋縐銀鼠皮裙，粉光脂豔，端端正正坐在那裡，手內拿著小銅火箸兒撥手爐內的灰。（第六回，第158頁）

第（1）例所寫的室內豪華陳設，以紅為主調。這絕非以紅色營造喜慶氛圍的新婚洞房，而是賈政配偶王夫人平常居住的東耳房。欲知「猩紅」、「大紅」、「銀紅」傳達的文化含義，只須到正內室一看便知。正內室迎面一個大匾上寫著斗大三個字「榮禧堂」，後有小字為皇帝書賜年月日，且有御印「萬幾宸翰之寶」，可見紅色陳設物品是主人紅極一時的高貴地位的象徵。

第（2）例是黛玉初見寶玉時的形象描寫。寶玉身著「大紅箭袖」，改裝後「紅絲結束」，身穿「銀紅撒花半舊大襖」，腳登「大紅鞋」，這些紅色服裝，無不是貴族子弟身份的標誌。如若不信，有〔西江月〕為證：「富貴不知樂業，貧窮難耐淒涼。可憐辜負好韶光，於國於家無望。　天下無能第一，古今不肖無雙。寄言紈袴與膏粱，莫效此兒形狀！」

第（3）例是劉姥姥一進榮國府所見的賈二奶奶的居處形象。「大紅灑花軟簾」、「大紅條氈」、「桃紅灑花襖」、「大紅洋縐銀鼠皮裙」，好一派貴族婦女的奢華氣象。這些紅色陳設、紅色服裝和鳳姐的聲口完全珠聯璧合，一脈相承：「況我接著管事，都不大知道這些親戚們。一則外面看著雖是烈烈轟轟，不知大有大的難處，說與人也未必信呢。」再聽聽劉姥姥的話：「你老拔一根寒毛，比我們的腰還壯哩！」

2. 特出的美女

第一回作者交代小說的由來，說了這一段話：「後因曹雪芹於悼紅軒中披閱十載，增刪五次，纂成目錄，分出章回，又題曰《金陵十二釵》，並題一絕。——即此便是《石頭記》的緣起。」軒曰「悼紅」，「紅」指的是什麼？金陵十二釵！豈止金陵十二釵，舉其大要而已。第五回寶玉問警幻：「常聽人說，金陵極大，怎麼只有十二個女子？如今單我們家裏，上上下下就有幾百個女孩兒。」警幻微笑道：「貴省女子固多，不過擇其緊要者錄之。兩邊二廚則又次

之，餘者庸常之輩，則無冊可錄矣。」「無冊可錄」的「庸常之輩」絕非悼的對象，「紅」應是正冊、副冊、又副冊所錄的特出女子，如又副冊僅舉晴雯、襲人，副冊僅舉香菱，餘者不提。這些女子既非庸常之輩，則不論地位高低，必有過人之才貌。

《石頭記》、《金陵十二釵》、《紅樓夢》，三位一體，故《紅樓夢》之「紅」亦即「悼紅軒」之「紅」。何以見得？第一回開篇即說：「作者自云：曾歷過一番夢幻之後，故將真事隱去，而借『通靈』說此《石頭記》一書也，故曰『甄士隱』云云。但書中所記何事何人？自己又云：今風塵碌碌，一事無成，忽念及當日所有之女子，一一細考較去，覺其行止見識皆出我之上，我堂堂鬚眉，誠不若彼裙釵……然閨閣中歷歷有人，萬不可因我之不肖，自護己短，一併使其泯滅也。」所謂不使泯滅的閨閣中人，即是第 4 頁的「幾個異樣女子」，亦即第 5 頁感言的「我半世親見親聞的這幾個女子」。然正冊十二釵加副冊香菱又副冊晴、襲，為十五之數，何言「幾個」？「幾個」乃是虛數概指，不可坐實。《論語‧學而》「三人行，必有我師焉。」「三人」也是虛數概指，豈能解為「三個人」？

3. 薄　命

「薄命」並非《紅樓夢》之「紅」獨有，但《紅樓夢》之「紅」既有「特出的美女」這一文化內涵，按中國傳統的文化觀念，很自然地就與命運不好聯繫在一起。居於金陵十二釵之首的林黛玉所寫的《明妃》詩，就直言無諱，毫不掩飾：「絕豔驚人出漢宮，紅顏命薄古今同。」不僅如此，在她的葬花詩裏，「紅」的「薄命」這一文化內涵更表現得撕心裂肺。首句「花謝花飛飛滿天，紅消香斷有誰憐？」「紅」在詩句裏的詞義為紅色花瓣，而修辭意向則是隱喻薄命麗人。「桃李明年能再發，明年閨中知有誰？」這樣人生短暫的歎息，源於惡劣的生活環境：「一年三百六十日，風刀霜劍嚴相逼，明媚鮮妍能幾時，一朝飄泊難尋覓。」花季短促，人去匆匆，「試看春殘花漸落，便是紅顏老死時。一朝春盡紅顏老，花落人亡兩不知！」「紅」在具有「美」義的同時，也就衍生了「短暫」的外延，林黛玉葬花詩因而成為「紅」之「薄命」內涵的經典詮釋。

第五回警幻引寶玉至「薄命司」，兩邊對聯「春恨秋悲皆自惹，花容月貌為誰妍」，把此司所轄金陵三十六釵的美貌、恨悲與薄命視為一體。又茶名「千紅一窟（哭）」，酒名「萬豔同杯（悲）」，以諧音手法巧妙暗示千紅萬豔一哭同悲

薄命的文化旨意。

第七十八回寶玉以美豔絕倫卻又不幸夭折的晴雯為芙蓉花神,是「紅」具有「薄命」文化內涵的又一力證。古來以芙蓉之紅豔比喻女子的美貌,然而傳統文化觀念認為,美的事物難以持久,且隱藏著災難與憂傷。李白《妾薄命》有句云:「昔日芙蓉花,今成斷根草。」白居易《長恨歌》:「芙蓉如面柳如眉,對此如何不淚垂。」這與第五回「又副冊判詞之一」的內容合若符節:「霽月難逢,彩雲易散……壽夭多因誹謗生,多情公子空牽念」。風雪止雲霧散曰「霽」,「霽」與「晴」同義。云之文采曰「雯」。「彩雲易散」與《芙蓉女兒誄》誄文之「仙雲既散」呼應,「誹謗」與誄文之「諑謠諑詬」共旨,可見「晴雯」與「芙蓉」的文化意蘊毫無二致。

寶玉以「芙蓉」作為晴雯諡號包涵兩種文化意蘊:一是褒揚君子高標;二是哀憐女兒命薄。觸動寶玉的是夏榮秋謝的「池上芙蓉」,所誄卻是「撫司秋豔」的陸上芙蓉,然則「撫司秋豔」的芙蓉雖明為晴雯,而實非黛玉莫屬。有第六十三回這段文字為證:

> 黛玉默默的想道:「不知還有什麼好的被我掣著方好。」一面伸
> 手取了一根,只見上面畫著一支芙蓉花,題著「風露清愁」四字,
> 那面一句舊詩,道是:莫怨東風當自嗟。注云:「自飲一杯,牡丹陪
> 飲一杯。」眾人笑說:「這個好極。除了他,別人不配做芙蓉。」

歷來認為襲人乃寶釵之投影,晴雯乃黛玉之小照。第七十八回寫寶玉祭罷晴雯,一個人從芙蓉花裏走出來,正是黛玉。第七十九回改「紅綃帳裏,公子情深;黃土隴中,女兒命薄」為「茜紗窗下,我本無緣;黃土隴中,卿何薄命」,預示木石情緣必然走向悲劇結局。這一悲劇與美豔高潔的「芙蓉」本就兼有災難與憂傷的文化意蘊相一致。因此,晴雯的歸宿正是黛玉的寫照。美豔與薄命,是芙蓉之「紅」文化內涵的一體兩面。

二、研究方法

對《紅樓夢》文本逐句閱讀,以馮其庸纂校訂定的《八家評批紅樓夢》為考察分析的基本依據。據文本語境,參酌前修與時賢卓識,出以己見。

「紅」在文本語境中的動態表現,是確定其構詞能力、結構方式、組合能力、句法功能、詞義分布、義類結構、文化內涵的最終依據。因此,本文不遺

餘力以大量篇幅進行了窮盡性語用考察，並且以表格形式將考察結果詳盡列出，俾展現其系統特徵。

凡技術性工作則運用數學統計方法和計算機進行。

三、結果與討論

（一）頻率與回目

出現頻率	所　在　回　目	回目個數
0	10、12、16、20、22、75	6
1	2、4、7、14、43、54、69	7
2	13、15、37、41、48、66、68、76、80	9
3	21、29、31、33、44、45、47、56、59、64、67、72、73	13
4	9、11、32、34、42、55、65	7
5	30、38、39、46、58、61	6
6	1、8、17、60、71、74	6
7	23、52、77、78	4
8	57、79	2
9	5、6、19、36、51、53、70	7
10	3、25、35、49	4
11	28、40	2
12	18	1
15	24	1
16	62	1
17	50	1
18	63	1
32	27	1
42	26	1

可見「紅」在第二十六回中出現頻率最高，是 42 次。在第十、十二、十六、二十、二十二、七十五等六個回目中，出現頻率最低，是 0 次。出現頻率為 3 次的回目數最多，是 13 個。出現頻率為 12、15、16、17、18、32、42 次的回目數最少，是 1 個。

（二）構詞能力

	雙音節詞	三音節詞	四音節詞	詞數
名詞	紅塵、大紅、女紅、紅娘、紅粉、紅妝、掃紅、紅的、落紅、小紅、紅玉、殘紅、紅兒、紅顏、紅豆、嫣紅、紅袖、下紅、怡紅、粉紅、紅拂、新紅	悼紅軒、紅樓夢、怡紅院、穿紅的、紅姐姐、大紅的、銀紅的、海棠紅、紅香圃、月月紅、絳紅的	千紅一窟、青紅皂白、姹紫嫣紅、怡紅公子、嫣紅姑娘	38
動詞	紅脹			1
形容詞	猩紅、硃紅、水紅、紅紅		花紅柳綠	5
雙性詞	桃紅（名、形）、紅香（名、形）、飛紅（動、形）、通紅（動、形）			4
詞數	31	11	6	

「紅」構成雙音節詞 31 個，占總詞數的 64.6%，構成三音節詞 11 個，占總詞數的 22.9%，構成四音節詞 6 個，占總詞數的 12.5%；構成名詞 38 個，占總詞數的 79.2%，構成動詞 1 個，占總詞數的 2.1%，構成形容詞 5 個，占總詞數的 10.4%，構成雙性詞 4 個，占總詞數的 8.3%。

（三）結構方式

結構方式	雙音節詞數目	三音節詞數目	四音節詞數目	合計詞數目
主謂式			1	1
偏正式	24	6	1	31
述賓式	2			2
述補式	1			1
聯合式	1	1	4	6
附加式	2	4		6
重疊式	1			1

偏正式數量最多，占總詞數的 64.6%；主謂式、述補式、重疊式數量最少，各占總詞數的 2%。

（四）組合能力

組合類型	雙音節短語數目	三音節短語數目	四音節短語數目	四音節以上短語數目	合計短語數目
主謂短語	2		1		3

定中短語	24	19	27	34	104
狀中短語	1				1
述賓短語	4	1			5
聯合短語	1		20		21

組合的定中短語最多，占短語總數的 77.6%；組合的狀中短語最少，占短語總數的 0.7%。

（五）句法功能

句子成分	單音節詞	雙音節詞	三音節詞	四音節詞	合計次數
主語	6	23	6	1	36
謂語	25	8	1		34
賓語	2	34	30	5	71
定語	2	9	10	2	23
狀語		1			1
補語	1	1			2
兼語		1			1

「紅」作為單音節詞以及以「紅」為語素構成的複音詞單獨充當賓語的次數最多，有 71 次，占總次數 168 的 41.7%；單獨充當狀語、兼語的次數最少，各有 1 次，各占總次數的 0.6%。

（六）詞義分布

表 I

單音詞義類別	用例數目	百分比
純粹符號標誌	2	5.5%
紅色	9	25%
紅色花瓣	2	5.5%
發紅、變紅	23	64%

複音詞「女紅」之「紅」本字為「工」，與「紅」義無關，不作為考察對象。為統計方便，具有屬於不同義類的兩個義項的複音詞，每個義項以 0.5 個詞計算複音詞數目。

表II

複音詞義類別	屬此義類的複音詞	複音詞數目	百分比
紅色	大紅、猩紅、硃紅、水紅、粉紅、海棠紅、桃紅、紅香、飛紅、通紅	8.5	18%
紅花	新紅	1	2.1%
紅色花瓣	落紅、殘紅、紅香	2.5	5.3%
紅色事物	紅的、銀紅的、大紅的、絳紅的、紅玉、紅豆	5.5	11.7%
發紅、變紅	飛紅、通紅、紅脹、紅紅	3	6.4%
美女	紅粉、紅妝、紅袖、紅顏	3.5	7.4%
美豔	紅顏、姹紫嫣紅、花紅柳綠	2.5	5.3%
人稱	掃紅、小紅、紅兒、嫣紅、怡紅、紅拂、紅玉、紅娘、紅姐姐、穿紅的、怡紅公子、嫣紅姑娘、	11.5	24.5%
地稱	悼紅軒、怡紅院、紅香圃	3	6.4%
物稱	月月紅、紅樓夢、千紅一窟	3	6.4%
人世	紅塵	1	2.1%
是非	青紅皂白	1	2.1%
女性生殖器不正常出血	下紅	1	2.1%

表III

短語中「紅」的意義類別	用例數目	百分比
紅色	121	69%
紅花	4	2.3%
紅色事物	3	1.7%
美色	1	0.6%
豔服	1	0.6%
婚事	2	1.1%
愉悅	14	8%
氣憤	12	7%
自責	5	2.9%
難為情	11	6%
羞愧	1	0.6%

（七）語義結構

由紅色、紅色物象、紅色動態、美、喜慶婚事、是非、人世社會等七個義類構成四個語義結構層次。

（八）文化內涵

根據文本確定「紅」有華貴、特出的美女、薄命三種文化內涵。

參考文獻

1. 馮其庸纂校訂定，《八家評批紅樓夢》，北京：文化藝術出版社，1991 年 9 月版。

2. 俞平伯輯，《脂硯齋紅樓夢輯評》，北京：中華書局，1960 年 2 月新 1 版。

3. 王士超注釋，李永田整理，《紅樓夢詩詞鑒賞》，北京：北京出版社，2004 年 1 月版。

原載加拿大 Cross-Cultural Communication（Volume 4, Number 2, 30 June 2008）。

《詩經》親屬稱謂詞研究

摘　要

　　《詩經》親屬稱謂詞共77個。本文對全部親屬稱謂詞的詞義分布、義類結構、構詞能力、結構方式、出現頻率、指稱範疇、句法功能、組合能力進行了窮盡性考察，提出：

1. 《詩經》單義詞61個，含兩項以上意義的多義詞16個；

2. 義類分為父、母、夫、妻4個系統；

3. 缺乏構成新親屬稱謂詞能力的單音詞有12個；

4. 共有偏正、聯合、附加三種結構方式；

5. 出現頻率為1次的有32個詞，為2～4次的有26個詞，為5次以上的有19個詞；

6. 指稱範疇有長輩稱、同輩稱、晚輩稱、多稱、通稱、面稱、背稱、旁稱、美稱、尊稱、自稱、特稱、別稱共13種；

7. 只能單獨充當一種句子成分的詞有34個，不能單獨充當句子成分的詞有29個；

8. 由親屬稱謂詞組合而成的短語有主謂、述賓、介賓、定中、狀中、聯合、同位、兼語8個類型。組合為定中短語的詞最多，有43個，組合為狀中短語的詞最少，只有1個。

　　通過以上8個方面的考察，描寫出《詩經》親屬稱謂詞的基本面貌。

關鍵詞：詩經；親屬稱謂詞；義類；指稱範疇；句法功能

一、介 紹

《詩經》親屬稱謂詞是中國春秋末期人際關係在宗法血緣方面的生動體現，它在語言學與文化學上的價值不言而喻。然而學界至今尚乏對此專題的較為全面的研究。本文對全部親屬稱謂詞的詞義分布、義類結構、構詞能力、結構方式、出現頻率、指稱範疇、句法功能、組合能力進行了窮盡性考察，描寫出《詩經》親屬稱謂詞的基本面貌。

《詩經》共有親屬稱謂詞 77 個，其中單音節詞 31 個：

祖、公、父、考、君、姒、男、兄、弟、伯、昆、季、後、子、帑、孫、士、婦、女、孟、妹、姻、亞、甥、親、母、舅、妻、嬪、姨、昏；

雙音節詞 45 個：

大祖、先祖、皇祖、烈祖、祖考、皇考、烈考、昭考、先公、宗公、先王、先后、先人、先君、諸父、叔父、諸兄、男子、兄弟、元子、宗子、大宗、後生、孝子、孫子、子孫、曾孫、伯氏、伯姊、仲氏、女子、長子、室人、君子、良人、文母、母氏、君婦、寡妻、諸姑、諸娣、舅氏、元舅、諸舅、昏姻。

四音節詞 1 個：子子孫孫

（一）語義考察

1. 詞義分布

《詩經》的 77 個親屬稱謂詞中有單義詞 60 個，另有「兄弟」一詞，[註1]意義雖跨父、母兩系，但並未分化出多個義項，本文作為單義詞看待，故單義詞共 61 個，含兩項以上意義的多義詞 16 個。單義詞中有單音詞 19 個，雙音詞 41 個，四音節詞 1 個；多義詞中有單音詞 12 個，雙音詞 4 個。

（1）61 個單義詞的意義分組說明如下：

A. 大祖：始祖。先祖、祖考、烈祖、公、宗公：祖先。先王：諸盭以下王室祖先。先后、先人：王室祖先。

B. 先公、考、烈考、昭考：死去的父親。 父：父親的弟弟。諸父：同姓的父輩男性親戚。諸姑：父親的姊妹。

〔註1〕《小雅·伐木》「兄弟無遠」鄭箋：「兄弟，父之黨，母之黨」。此詞指稱對象包括父系的堂兄弟、姑表兄弟和母系的舅表兄弟、姨表兄弟。

C. 兄、昆：哥哥。伯氏：大哥。諸兄：同宗族的年長的同輩男性親戚。兄弟：父、母兩系的同輩男子。弟：弟弟。伯姊：大姐。妹：妹妹。

D. 男、男子、帑：兒子。元子、宗子：王室正妻所生的大兒子。大宗：與王室同姓的諸侯正妻所生的大兒子。季：小兒子。孝子：孝順父母的兒子。女子：女兒。長子、孟：大女兒。

E. 後、後生：子孫。孫子、子孫、子子孫孫：後代。曾孫：孫之子以下的後代。

F. 女：家裏的女性親屬。室人：家裏的親屬。昏姻：有婚姻關係的親戚。

G. 母、親、母氏、文母：母親。舅、舅氏：舅舅。元舅：大舅。諸舅：異姓的母輩男性親戚。

H. 士、君子：妻子稱丈夫。先君：國君的配偶稱去世的丈夫。

I. 妻、嬪：妻子。寡妻：正妻。君婦：國君的正妻。姨：妻子的姐妹。諸娣：同夫的妾。

（2）16 個多義詞表示的意義排列如次：

祖：a 祖父；b 祖先。妣：a 祖母；b 女性祖先。皇祖：a 祖父；b 祖先。皇考：a 死去的父親；b 死去的祖父。君：a 國君的夫人；b 祖先。父：a 父親；b 同姓的父輩男性親戚。伯：a 大兒子；b 丈夫。昏：a 妻子；b 兒媳的父親。姻：a 丈夫；b 女婿的父親。婦：a 妻子；b 兒媳。子：a 兒女；b 兒子；c 女兒；d 後代。孫：a 孫兒；b 孫女；c 孫子以下的後代。亞：a 女婿之間互稱；b 長子以下兄弟。仲氏：a 二哥；b 二姐。甥：a 姊妹的兒女；b 外孫。良人：a 妻子；b 丈夫。

這樣，《詩經》的 77 個親屬稱謂詞共有 96 個義項。用於表父系親屬稱謂的詞義有 72 項，占義項總數的 75%；用於表母系親屬稱謂的詞義有 8 項，占義項總數的 8.3%；用於表夫系親屬稱謂的詞義 6 項，占義項總數的 6.3%；用於表妻系親屬稱謂的詞義有 10 項，占義項總數的 10.4%。

2. 義類結構

全部 96 個義項分別以父親、母親、丈夫、妻子為核心構成 4 個義類：父系親屬義類、母系親屬義類、夫系親屬義類、妻系親屬義類。

（1）父系親屬義類按輩份可分為 7 個層次：

A. 稱祖先的：祖 b〔註2〕、先祖、大祖、皇祖 b、烈祖、祖考、妣 b、君 b、公、宗公、先王、先后、先人；

B. 稱祖父輩的：祖 a、皇祖 a、皇考 b、妣 a；

C. 稱父輩的：父 a、父 b、考、諸父、叔父、先公、皇考 a、烈考、昭考、諸姑；

D. 稱同輩的：兄、諸兄、伯氏、昆、弟、兄弟、伯姊、仲氏 a、仲氏 b、妹、昏 b、姻 b；

E. 稱子輩的：男、男子、元子、宗子、大宗、伯 a、季、郤、孝子、子 a、子 b、子 c、亞 b、婦 b、女子、長子、孟、亞 a、甥 a；

F. 稱孫輩的：孫 a、孫 b、甥 b；

G. 稱後代的：子 d、後、後生、孫 c、孫子、子孫、曾孫、子子孫孫。

另有 3 個不受輩份限制的義項：女、室人、昏姻。

根據以上義類的分布情況，可以繪出《詩經》父系稱謂結構示意圖：

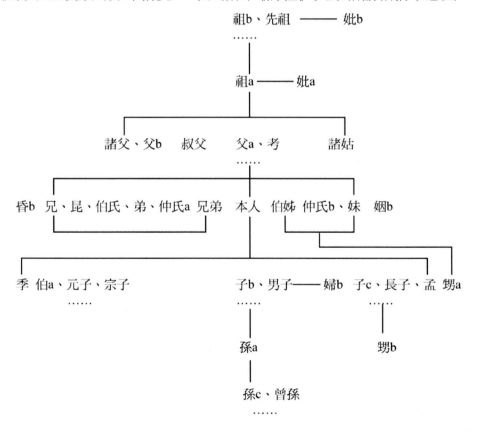

〔註2〕同一詞指稱若干不同的親屬，本文在該詞後附 a、b、c、d 等字母加以區別。如祖 a 指稱祖父，祖 b 指稱祖先。

從這個圖不難看出，父系親屬稱謂的義類分布主要偏重於男性親屬，女性親屬稱謂的義類很少。除指稱祖母和女性遠祖的「妣」以及指稱兒媳的婦 b 而外，女性親屬的男性配偶稱謂以及男性親屬的女性配偶稱謂都空缺，如稱大姐的「伯姊」就沒有稱大姐夫的詞義相配，「兄」與「弟」都沒有相應的女性配偶稱謂。指稱女性親屬的詞義較籠統，如稱父親的姊妹就只有一個「諸姑」，缺乏進一步區分長幼的詞義；而指稱男性親屬的詞義相對細緻，如指稱大兒子不但有「伯 a」，而且還有內涵相同、外延相互區別的「元子」、「宗子」、「大宗」與之為伍，通稱後代的不僅有「孫 c」，還有「子孫」、「孫子」、「後生」等等。

（2）母系親屬義類有兩個層次：

A 稱母輩的：母、親、母氏、文母、舅、舅氏、元舅、諸舅；

B 稱同輩的：兄弟。

這個義類主要由指稱母親和與母親同輩的男性親屬的義項組成。嚴格說來，其中的「兄弟」並未分化出專指母系親屬的獨立義項，因而很難作為一個獨立的義類層次。母親的前輩親屬、母輩的女性親屬、下輩親屬義項都付闕如。

（3）夫系親屬義類由以下義項組成：

姻 a、伯 b、士、君子、良人 b、先君。沒有表示丈夫的前輩親屬和同輩親屬的詞義。

（4）妻系親屬義類：

妻、寡妻、婦 a、君 a、君婦、昏 a、良人 a、嬪、姨、諸娣。

這個義類的絕大多數義項都集中於指稱妻子，而指稱「妻子的姐妹」與「同夫的妾」分別只有一個詞義，沒有表示妻子的前輩親屬、同輩男性親屬以及下輩親屬的詞義。

（二）構詞能力

1. 缺乏構成新親屬稱謂詞能力的單音詞有 12 個：

　　妣、親、昆、甥、孟、亞、季、妹、士、甥、嬪、姨。

2. 只充當 1 個親屬稱謂詞的構詞詞素的單音詞有 8 個：

　　婦：君婦　妻：寡妻　男：男子　女：女子　姻：昏姻　昏：昏姻　弟：

兄弟　　後：後生

3. 能作為構詞詞素構成 2 個親屬稱謂詞的單音詞有 5 個：

公：先公、宗公　父：諸父、叔父　兄：諸兄、兄弟　伯：伯氏、伯姊

母：母氏、文母

4. 能作為構詞詞素構成 3 個親屬稱謂詞的單音詞有 2 個：

君：先君、君子、君婦　舅：舅氏、元舅、諸舅

5. 能作為構詞詞素構成 4 個親屬稱謂詞的單音詞也有 2 個：

考：祖考、皇考、烈考、昭考　孫：孫子、子孫、曾孫、子子孫孫

6. 能作為構詞詞素構成 5 個親屬稱謂詞的單音詞只有 1 個：

祖：先祖、大祖、皇祖、烈祖、祖考

7. 能作為構詞詞素構成 9 個親屬稱謂詞的單音詞也只有 1 個：

子：男子、孝子、宗子、元子、女子、長子、孫子、子孫、子子孫孫

（三）結構方式

45 個雙音詞和 1 個四音節詞共有三種結構方式：

1. 偏正式

先祖、大祖、皇祖、烈祖、宗公、先公、先君、君婦、諸父、叔父、皇考、烈考、昭考、先王、先后、先人、文母、諸舅、諸姑、諸兄、元子、宗子、大宗、孝子、伯姊、長子、元舅、寡妻、諸娣、良人、後生、曾孫、室人

2. 聯合式

祖考、兄弟、昏姻、孫子、子孫、子子孫孫

3. 附加式

君子、女子、男子、母氏、舅氏、伯氏、仲氏

二、研究方法

對《詩經》文本逐句閱讀，以毛傳、鄭箋、孔疏為語義分析的基本依據。倘毛、鄭、孔的解析各有所見，則據文本語境，參酌前修與時賢卓識，出以己見。

語詞在文本語境中的動態表現，是確定其構詞能力、結構方式、指稱範疇、句法功能、組合能力的最終依據。因此，本文不遺餘力以大量篇幅進行了窮盡

性語用考察，並且以表格形式將考察結果詳盡列出，俾展現其系統特徵。

凡技術性工作則運用工具書和計算機進行。

三、語用考察

在對 77 個語詞的詞頻、指稱範疇、句法功能、組合能力等四個方面進行窮盡性分析的基礎上，列表顯示對每個語詞和每個方面的分析結果。詞頻不包括語詞用於非親屬稱謂的出現次數，僅指用於親屬稱謂的出現次數。具體考察如下：

【祖】出現頻率：11。其中《豳風·鴟鴞》異文 1 例，《大雅》的《烝民》、《韓奕》為祭名 2 例，其餘 8 例用為親屬稱謂（祖 a《雅》4；祖 b《雅》2、《頌》2）。〔註3〕

指稱範疇：A.《大雅》之《文王》「無念爾祖」兩見、《下武》「繩其祖武」、《烝民》「纘戎祖考」共 4 例為祖 a，用於長輩稱、旁稱；B.《小雅·斯干》「似續妣祖」、《大雅·江漢》「自召祖命」、《周頌》之《豐年》、《載芟》同見「烝畀祖妣」共 4 例為祖 b，用於長輩稱、通稱、旁稱、背稱。由於「祖」有「祖父」、「祖先」2 種指稱對象，故為多稱詞。

句法功能：A. 與其他成分構成短語作動詞的對象賓語，如「無念爾祖」、「纘戎祖考」；B. 作定語，如「繩其祖武」、「自召祖命」。

組合能力：A. 與限定成分「爾」、「其」組合為定中短語，如「無念爾祖」、「繩其祖武」；B. 與親屬稱謂詞「考」、「妣」分別組合為聯合短語，如「纘戎祖考」、「似續妣祖」；C. 與「召」組合為同位短語：「自召祖命」。

【大祖】出現頻率：《雅》1。

指稱範疇：《大雅·常武》「王命卿士，南仲大祖」。毛傳：「王命南仲於大祖。」孔疏：「以王今命卿士南仲者於王太祖之廟，使之為元帥親兵。」用於長輩稱、背稱。

〔註3〕《大雅·韓奕》「纘戎祖考」孔疏：「汝當紹繼光大其祖考之舊職，復為侯伯，以繼先祖」，可見「祖考」與「先祖」同義。而《大雅·烝民》「纘戎祖考」鄭箋：「於是百君繼女先祖先父，始見命者之功德」，則此「祖考」指先祖、先父，可見它並不是一個詞，與《韓奕》的「祖考」性質不同，應分別歸入「祖」條和「考」條。《詩經》中此類情況不少，如「兄弟」、「兄」、「弟」；「昏姻」、「昏」、「姻」；「子孫」、「子」、「孫」等。

句法功能：作形式補語，而其實為定語。

組合能力：可與隱含的中心詞「廟」構成定中短語，然後再與省去的介詞「於」構成介賓短語。

【先祖】出現頻率：7（《雅》6、《頌》1）。

指稱範疇：《小雅·四月》「先祖匪人」、《楚茨》和《信南山》之「先祖是皇」、《大雅·雲漢》「先祖于摧」與「父母先祖，胡寧忍予」、《韓奕》「先祖受命」、《周頌·有瞽》「先祖是聽」，用於長輩稱、通稱、背稱。

句法功能：單獨作主語凡6例，僅1例與其他成分構成短語再充當主語。

組合能力：A. 與親屬稱謂詞「父」、「母」組合為聯合短語，再與表述成分「胡寧忍予」組合為主謂短語；B. 其餘各例分別與「匪人」、「是皇」（「皇」是「往」的借字）、「於摧」（即「吁嗟」）、「受命」、「是聽」等表述成分直接組合為主謂短語。

【皇祖】出現頻率：5（皇a《頌》1；皇b《雅》2、《頌》2）。

指稱範疇：A.《周頌·閔予小子》「念茲皇祖，陟降庭止」鄭箋：「念此君祖文王，上以直道事天，下以直道治民」。孔疏：「謂成王嗣父為王，朝於宗廟，自言當嗣之意」。此成王稱文王為皇祖a，用於長輩稱、背稱；B.《小雅·信南山》「獻之皇祖」、《大雅·瞻卬》「無忝皇祖」以及《魯頌·閟宮》共4例為皇祖b，前2例用於長輩稱、通稱、旁稱；C.《魯頌·閟宮》「皇皇后帝，皇祖后稷。享以騂犧，是享是宜，降福既多。周公皇祖，亦其福女」，鄭箋：「此皇祖謂伯禽也。」孔疏：「此皇祖之文在周公之下，故以為二人。上文皇祖在后稷之上，且上與『皇皇后帝』連文，則是配天之人，故知上文皇祖即后稷也。」是知上文皇祖用於尊稱后稷，下文皇祖用於特稱伯禽。又因「皇祖」有「祖父」、「祖先」2種指稱對象，故為多稱詞。

句法功能：A. 與其他成分構成短語作主語，有「皇祖后稷」、「周公皇祖」2例；B. 單獨作賓語，有「獻之皇祖」、「無忝皇祖」、「念茲皇祖」3例。

組合能力：A. 與動詞「獻」、「念」分別組合為述賓短語，與形容詞「忝」組合為使動用法的述賓短語；B. 與名詞「后稷」並列組合為同位短語，與名詞「周公」並列組合為聯合短語。

【烈祖】出現頻率：4（《雅》1、《頌》3）。

指稱範疇：《小雅·賓之初筵》「烝衎烈祖」鄭箋：「烈，美」。《魯頌·泮水》

「昭假烈祖」孔疏：「其明道乃至於功烈美祖」。《商頌・那》「衎我烈祖」，《烈祖》「嗟嗟烈祖，有秩斯祜」，用於長輩稱、旁稱、背稱、美稱。

句法功能：A. 單獨作主語：「嗟嗟烈祖，有秩斯祜」；B. 單獨作動詞的賓語：「烝衎烈祖」、「昭假烈祖」；C. 與其他成分組成短語作動詞的賓語：「衎我烈祖」。

組合能力：A. 與限定成分「我」構成定中短語；B. 與動詞「衎」、「假」構成述賓短語；C. 與表述成分「有秩斯祜」構成主謂短語。

【祖考】出現頻率：《雅》2。

指稱範疇：《小雅・信南山》「祭以清酒，從以騂牡，享于祖考」，前文有「獻之皇祖」，後文有「先祖是皇」，故知「祖考」與「皇祖」、「先祖」同義；《大雅・韓奕》「王親命之，纘戎祖考，無廢朕命」，孔疏：「王身親自命之云，汝當紹繼光大其祖考之舊職，復為侯伯，以繼先祖。」此2例均用於長輩稱、通稱、旁稱。

句法功能：與其他成分組合為短語作賓語。

組合能力：A. 與介詞「於」組合為介賓短語；B. 與限定成分「戎」組合為定中短語。

【妣】出現頻率：3（妣a《雅》1；妣b《頌》2）。

指稱範疇：A.《小雅・斯干》「似續妣祖」鄭箋：「妣，先妣姜嫄也」。此為妣a，用於長輩稱、旁稱；B.《周頌》之《豐年》與《載芟》並見「烝畀祖妣」，鄭箋：「進予祖妣，謂祭先祖先妣也。」此為妣b，用於長輩稱、通稱、旁稱。因「妣」有「祖母」、「女性祖先」2種指稱對象，故為多稱詞。

句法功能：與其他成分構成短語作動詞的賓語。

組合能力：與親屬稱謂詞「祖」構成聯合短語，然後再與動詞「續」、「烝畀」分別構成述賓短語。

【公】出現頻率：《雅》3。

指稱範疇：《小雅・天保》「禴祠烝嘗，于公先王」鄭箋：「公，先公，謂后稷至諸」。《大雅・雲漢》「群公先正，則不我助」，「群公先正，則不我聞」。用於長輩稱、通稱、背稱。

句法功能：A. 與其他成分構成短語作賓語：「于公先王」；B. 與其他成分構成短語作主語：「群公先正，則不我助」。

組合能力：A. 與親屬稱謂詞「先王」構成聯合短語；B. 與限定成分「群」構成定中短語，再與「先正」構成聯合短語。

【宗公】出現頻率：《雅》1。

指稱範疇：《大雅·思齊》「惠于宗公」孔疏：「言文王之德乃能上順於先祖宗廟群公」。用於長輩稱、通稱、背稱。

句法功能：作賓語。

組合能力：與介詞「於」構成介賓短語。

【先王】出現頻率：《雅》3。

指稱範疇：《小雅·天保》「于公先王」，《大雅·抑》「罔敷求先王」，《召旻》「昔先王受命」，用於長輩稱、通稱、背稱。

句法功能：A. 單獨作主語：「昔先王受命」；B. 單獨作動詞的賓語：「罔敷求先王」；C. 與其他成分構成短語作介詞的賓語：「于公先王」。

組合能力：A. 與表述成分「受命」構成主謂短語；B. 與動詞「敷求」構成述賓短語；C. 與親屬稱謂詞「公」構成聯合短語。

【先后】出現頻率：《頌》1。

指稱範疇：《商頌·玄鳥》「商之先后，受命不殆」鄭箋：「后，君也。商之先君受天命而行之不解殆者，在高宗之孫子言高宗與湯之功，法度明也」。用於長輩稱、通稱、背稱。

句法功能：與其他成分構成短語作主語。

組合能力：與限定成分「商」構成定中短語。

【先人】出現頻率：《雅》1。

指稱範疇：《小雅·小宛》「我心憂傷，念昔先人」毛傳：「先人，文武也」。孔疏：「王既才智褊小，將顛覆祖業，故我心為之憂傷。追念在昔之先人文王武王也」。用於長輩稱、旁稱。

句法功能：與其他成分構成短語作動詞的賓語。

組合能力：與限定成分「昔」構成定中短語。

【先公】出現頻率：《雅》1。

指稱範疇：《大雅·卷阿》「豈弟君子，俾爾彌爾性，似先公酋矣」毛傳：「似，嗣也。酋，終也」。鄭箋：「嗣先君之功而終成之」。孔疏：「成王所嗣者，先王也。而云先公，公是君之別名，故云嗣先君之功而終成之」。用於長

輩稱、背稱、別稱。

句法功能：單獨作動詞的賓語。

組合能力：與動詞「似」構成述賓短語。

【考】出現頻率：《雅》1。

指稱範疇：《大雅・烝民》「纘戎祖考，王躬是保」鄭箋：「於是百君繼女先祖先父，始見命者之功德」。用於長輩稱、旁稱。

句法功能：與其他成分構成短語作動詞的賓語。

組合能力：與親屬稱謂詞「祖」構成聯合短語，這個短語再與限定成分「戎」構成定中短語。

【皇考】出現頻率：3（皇a《頌》2；皇b《頌》1）。

指稱範疇：A.《周頌・訪落》「休矣皇考，以保明厥身」孔疏：「上言昭考，此言皇考，皆斥武王也」。《閔予小子》「於乎皇考，永世克孝」鄭箋：「於乎我君考武王，長世能孝」。此為皇a，用於長輩稱、背稱；B.《周頌・雝》「假哉皇考，綏予孝子」鄭箋：「皇考，斥文王也」。孔疏：「《閔予小子》皇考與皇祖相對，故知皇考為武王，此則下有烈考為武王，故知皇考為文王。考者成德之名，可以通其父祖故也。《祭法》云：父曰考，祖父曰王考，曾祖曰皇考。此與《閔予小子》非曾祖亦云皇考者，以其散文取尊君之義，故父祖皆得稱之」。此為皇b，用於長輩稱、背稱、尊稱。因「皇考」有「死去的父親」、「死去的祖父」2種指稱對象，故為多稱詞。

句法功能：單獨作主語。

組合能力：A. 與前置形容詞謂語構成主謂短語：「休矣皇考」、「假哉皇考」；B. 與狀中短語「永世能孝」構成主謂短語。

【烈考】出現頻率：《頌》1。

指稱範疇：《周頌・雝》「既生烈考，亦右文母」毛傳：「烈考，武王也」。鄭箋：「烈，光也。子孫所以得考壽與多福者，乃以見右於光明之考與文德之母歸美焉」。用於長輩稱、背稱、美稱。

句法功能：單獨作動詞賓語。

組合能力：與動詞構成述賓短語。

【昭考】出現頻率：《頌》2。

指稱範疇：《周頌・載見》「率見昭考，以孝以享」毛傳：「昭考，武王也」。

鄭箋：「諸侯既以朝禮見於成王，至祭時伯又率之見於武王廟，使助祭也」。《訪落》「訪予落止，率時昭考」鄭箋：「昭，明。成王始即政，自以承聖父之業，懼不能遵其道德，故於廟中與群臣謀我始即政之事。群臣日當循是明德之考所施行」。用於長輩稱、背稱、美稱。

　　句法功能：A. 單獨作動詞的賓語：「率見昭考」；B. 與其他成分構成短語作動詞的賓語：「率時昭考」。

　　組合能力：A. 與動詞構成述賓短語；B. 與限定成分構成定中短語。

　　【父】出現頻率：52。其中，「父」與其他成分結合為雙音詞用於人名 15 例；與其他成分結合為雙音詞表親屬稱謂 4 例（「叔父」1 例、「諸父」3 例）；單獨或與其他成分構成短語用為親屬稱謂共 33 例（父 a《風》17、《雅》15；父 b《風》1）。

　　指稱範疇：A.《王風·葛藟》「謂他人父」2 見、《魏風·陟岵》「瞻望父兮，父曰嗟予子行役」、《小雅·四牡》「不遑將父」、《小弁》「靡瞻匪父」、《蓼莪》「無父何怙」、「父兮生我」、《周南·葛覃》「歸寧父母」、《汝墳》「父母孔邇」、《邶風·日月》「父兮母兮，畜我不卒」、《鄭風·將仲子》「畏我父母」、「父母之言」、《齊風·南山》「必告父母」、《唐風·鴇羽》「父母何怙」、「父母何食」、「父母何嘗」、《小雅·杕杜》與《北山》同見「憂我父母」、《南山有臺》與《大雅·泂酌》同見「民之父母」、《小雅·沔水》「誰無父母」、《斯干》「無父母詒罹」、《正月》「父母生我」、《巧言》「曰父母且」鄭箋：「始者言其且為民之父母」。《蓼莪》「哀哀父母」2 見，孔疏：「又可哀我父母也」。《大雅·雲漢》「父母先祖，胡寧忍予」、《邶風·泉水》與《鄘風·蝃蝀》同見「遠父母兄弟」、《蝃蝀》與《衛風·竹竿》同見「遠兄弟父母」。以上共 32 例為父 a，用於長輩稱、背稱、旁稱；B.《唐風·杕杜》「豈無他人，不如我同父」鄭箋：「此豈無異姓之臣乎？顧恩不如同姓親親也」，此為父 b，用於長輩稱、通稱、背稱。因「父」有「父親」、「同姓的父輩男性親戚」2 種指稱對象，故為多稱詞。

　　句法功能：A. 單獨作主語 2 例：「父曰嗟予子行役」、「父兮生我」；B. 與其他親屬稱謂詞構成短語作主語 7 例：「父母孔邇」、「父兮母兮，畜我不卒」、「父母何怙」、「父母何食」、「父母何嘗」、「父母生我」、「父母先祖、胡寧忍予」；C. 與其他親屬稱謂詞構成短語作定語僅 1 例：「父母之言」；D. 單獨作動詞的賓語 4 例：「瞻望父兮」、「不遑將父」、「靡瞻匪父」、「無父何怙」；E. 與其他

成分構成短語作賓語 19 例。

組合能力：A. 與「母」構成聯合短語 19 例，與「母」、「先祖」構成聯合短語 1 例，與「母」、「兄弟」構成聯合短語 4 例；B. 單獨與動詞構成述賓短語 4 例；C. 與限定成分構成定中短語 3 例：「謂他人父」2 見、「不如我同父」；D. 單獨與表述成分構成主謂短語 2 例。

【叔父】出現頻率：《頌》1。

指稱範疇：《魯頌‧閟宮》「王曰叔父，建爾元子」鄭箋：「叔父，〔成王〕謂周公也」。用於長輩稱、面稱。

句法功能：單獨作動詞的賓語。

組合能力：與動詞構成述賓短語。

【諸父】出現頻率：《雅》3。

指稱範疇：《小雅‧伐木》「以速諸父」孔疏：「《禮》：天子謂同姓諸侯，諸侯謂同姓大夫，皆曰父，異姓則稱舅，故曰「諸父」、「諸舅」也。《禮記》注云：『稱之以父與舅，親親之辭也』。《黃鳥》「復我諸父」。《楚茨》「諸父兄弟，備言燕私」鄭箋：「祭祀畢，歸賓客豆俎，同姓則留與之燕，所以尊賓客親骨肉也」。用於長輩稱、通稱、背稱、尊稱。

句法功能：A. 單獨作動詞的賓語：「以速諸父」；B. 與其他成分構成短語作動詞的賓語：「復我諸父」；C. 與其他成分構成短語作主語：「諸父兄弟，備言燕私」。

組合能力：A. 與動詞構成述賓短語；B. 與限定成分構成定中短語；C. 與其他親屬稱謂詞構成聯合短語。

【諸姑】出現頻率：《風》1。

指稱範疇：《邶風‧泉水》「問我諸姑，遂及伯姊」毛傳：「父之姊妹稱姑」。用於長輩稱、通稱、背稱。

句法功能：與其他成分構成短語作動詞的賓語。

組合能力：與限定成分構成定中短語。

【兄】出現頻率：47。其中，《小雅‧常棣》異文 1 例；《大雅‧桑柔》與《召旻》用為「滋」義 3 例；與「諸」結合為「諸兄」3 例；與「弟」構成「兄弟」33 例（表「同姓臣」3 例、表「同姓諸侯」1 例、表「父母兩系的同輩男子」12 例、表「哥哥與弟弟」17 例）；單用 7 例。因此，表「哥哥」義的「兄」

共有 24 例（《風》13、《雅》11）。

指稱範疇：《邶風・谷風》「如兄如弟」、《鄘風・鶉之奔奔》「我以為兄」、《魏風・陟岵》「瞻望兄兮，兄曰嗟予弟行役」、《小雅・蓼蕭》「宜兄宜弟」、《斯干》「兄及弟矣」、《大雅・皇矣》「則友其兄」、《邶風・泉水》與《鄘風・蝃蝀》同見「遠父母兄弟」、《蝃蝀》與《衛風・竹竿》同見「遠兄弟父母」、《衛風・氓》「兄弟不知」、《鄭風・揚之水》「終鮮兄弟」2 見、《唐風・杕杜》「人無兄弟」2 見、《小雅・常棣》「莫如兄弟」、「兄弟孔懷」、「兄弟求矣」、「兄弟急難」、「兄弟鬩於牆」、「雖有兄弟」、「兄弟既具」、「兄弟既翕」。用於同輩稱、背稱、旁稱。

句法功能：A. 單獨作主語僅 1 例：「兄曰嗟予弟行役」；B. 與其他成分構成短語作主語 8 例：「兄及弟矣，式相好矣」、「兄弟不知」、「兄弟孔懷」、「兄弟求矣」、「兄弟急難」、「兄弟鬩於牆」、「兄弟既具」、「兄弟既翕」；C. 單獨作動詞的賓語 4 例：「如兄如弟」、「我以為兄」、「瞻望兄兮」、「宜兄宜弟」；D. 與其他成分構成短語作動詞的賓語 11 例：「則友其兄」、「遠父母兄弟」2 見、「遠兄弟父母」2 見、「終鮮兄弟」2 見、「人無兄弟」2 見、「莫如兄弟」、「雖有兄弟」。

組合能力：A. 與表述成分構成主謂短語 1 例：「兄曰嗟予弟行役」；B. 與動詞構成述賓短語 4 例；C. 與限定成分構成定中短語 1 例：「則友其兄」；D. 與其他親屬稱謂詞構成聯合短語 18 例。

【諸兄】出現頻率：3。其中《鄭風・將仲子》之「諸兄」2 見，指貴族子弟；表親屬稱謂僅《小雅》1 例。

指稱範疇：《小雅・黃鳥》：「復我諸兄」孔疏：「我還歸復反我宗族之兄家也」。用於同輩稱、通稱、背稱。

句法功能：與其他成分構成短語作動詞的賓語。

組合能力：與限定成分構成定中短語。

【昆】出現頻率：《風》2。

指稱範疇：《王風・葛藟》「終遠兄弟，謂他人昆。謂他人昆，亦莫我聞」毛傳：「昆，兄也」。用於同輩稱、旁稱。

句法功能：與其他成分構成短語作動詞的賓語。

組合能力：與限定成分構成定中短語。

【伯氏】出現頻率：《雅》1。

指稱範疇：《小雅・何人斯》「伯氏吹壎，仲氏吹篪」鄭箋：「伯、仲，喻兄弟也」。用於同輩稱、旁稱。

句法功能：單獨作主語。

組合能力：與表述成分構成主謂短語。

【弟】出現頻率：56。其中，與「豈」構成「豈弟」19例；與「兄」構成「兄弟」33例（其中表「哥哥與弟弟」義有17例，詳見「兄」條）；單用4例。因此，表「弟弟」義的「弟」共有21例（《風》11、《雅》10）。

指稱範疇：《邶風・谷風》、《魏風・陟岵》、《小雅・蓼蕭》、《斯干》、《衛風・氓》、《邶風・泉水》與《鄘風・蝃蝀》同見、《蝃蝀》與《衛風・竹竿》同見、《鄭風・揚之水》2見、《唐風・杕杜》2見、《小雅・常棣》8見，引文均見「兄」條。用於同輩稱、面稱、背稱、旁稱。

句法功能：A. 與其他成分構成短語作主語8例，引文見「兄」條；B. 單獨作動詞的賓語2例：「如兄如弟」、「宜兄宜弟」；C. 與其他成分構成短語作動詞的賓語11例，唯「兄曰嗟予弟行役」是由定中短語「予弟」與述賓短語「行役」組成的主謂短語充當動詞「曰」的賓語，其餘10例均由「弟」與其他親屬稱謂詞構成的聯合短語充當動詞的賓語。

組合能力：A. 與動詞構成述賓短語2例；B. 與限定成分構成定中短語1例；C. 與其他親屬稱謂詞構成聯合短語18例。

【兄弟】出現頻率：12（《風》3、《雅》9）。

指稱範疇：《王風・葛藟》「終遠兄弟」3見，鄭箋：「兄弟猶言族親也。」《小雅・伐木》「兄弟無遠」鄭箋：「兄弟，父之黨，母之黨」、《角弓》「兄弟昏姻」、「此令兄弟」、「不令兄弟」、《頍弁》「兄弟甥舅」、「兄弟匪他」、「兄弟俱來」、《大雅・思齊》「至于兄弟」、《行葦》「戚戚兄弟」。用於同輩稱、通稱背稱、旁稱。

句法功能：A. 單獨作主語3例：「兄弟無遠」、「兄弟匪他」、「兄弟具來」；B. 與其他親屬稱謂詞構成短語作主語2例：「兄弟昏姻，無胥遠矣」、「戚戚兄弟，莫遠具爾」；C. 單獨作動詞的賓語3例：「終遠兄弟」3見；D. 單獨作介詞的賓語3例。其中1例為「於」的賓語：「至于兄弟」；2例為隱含的「於」的賓語：「此令兄弟」、「不令兄弟」；E. 與其他親屬稱謂詞構成短語作隱含的判斷

動詞的賓語 1 例：「豈伊異人，兄弟甥舅」。

組合能力：A. 與表述成分構成主謂短語 3 例；B. 與動詞構成述賓短語 3 例；C. 與介詞或隱含的介詞構成介賓短語 3 例；D. 與修飾成分構成定中短語 1 例：「戚戚兄弟」；E. 與其他親屬稱謂詞構成聯合短語 2 例：「兄弟昏姻」、「兄弟甥舅」。

【伯姊】出現頻率：《風》1。

指稱範疇：《邶風·泉水》「問我諸姑，遂及伯姊」，用於同輩稱、背稱。

句法功能：單獨作動詞的賓語。

組合能力：與動詞「及」構成述賓短語。

【仲氏】出現頻率：3（仲 a《雅》1；仲 b《風》1、《雅》1）。

指稱範疇：A.《小雅·何人斯》「伯氏吹壎，仲氏吹篪」，此仲氏 a 用於同輩稱、旁稱；B.《大雅·大明》「摯仲氏任，自彼殷商，來嫁于周」毛傳：「摯國任姓之中女也」。《邶風·燕燕》「仲氏任只，其心塞淵」毛傳：「仲，戴媯字也」。王先謙《詩三家義集疏》「《韓》說曰：『仲，中也。』言位在中也」。此 2 例仲 b 也用於同輩稱、旁稱。因「仲氏」有「二哥」、「二姐」2 種指稱對象，故為多稱詞。

句法功能：A. 單獨作主語僅《何人斯》1 例；B. 與其他成分構成短語作主語《大明》與《燕燕》共 2 例。

組合能力：A. 與表述成分構成主謂短語：「仲氏吹篪」；B. 與限定成分構成定中短語：「摯仲氏任」、「仲氏任只」。

【妹】出現頻率：2（《風》1、《雅》1）。

指稱範疇：《衛風·碩人》「衛侯之妻，東宮之妹」毛傳：「女子後生曰妹」。《大雅·大明》「大邦有子，俔天之妹」鄭箋：「如天之有女弟」。用於同輩稱、旁稱。

句法功能：與其他成分構成短語作謂語。

組合能力：與限定成分構成定中短語。

【昏】出現頻率：13。其中，《陳風·東門之楊》2 例為「傍晚」義；《小雅·小宛》1 例為「邪僻不正」義；《大雅·召旻》1 例為「奄人」義；與「姻」構成「昏姻」5 例（《鄘風·蝃蝀》1 例指「嫁娶之事」、《小雅·我行其野》2 例指「兒媳的父親與女婿的父親」、《小雅·正月》與《角弓》共 2 例指「有婚姻關

係的親戚」）；《邶風・谷風》與《小雅・車舝》共4例指稱「妻子」。因此，「昏」單用於親屬稱謂有6例（昏a《風》3、《雅》1；昏b《雅》2）。

指稱範疇：A.《邶風・谷風》「宴爾新昏」3見、《小雅・車舝》「覯爾新昏」，用於同輩稱、旁稱；B.《小雅・我行其野》「昏姻之故，言就爾居」鄭箋：「婦之父婿之父相謂昏姻。言，我也。我乃以此二父之命，故我就女居」。「昏姻之故」2見，用於同輩稱、背稱。因「昏」有「妻子」和「兒媳的父親」2種指稱對象，故為多稱詞。

句法功能：A. 與其他成分構成短語作動詞的賓語：「宴爾新昏」、「覯爾新昏」；B. 與其他親屬稱謂詞構成短語作名詞的定語。

組合能力：A. 與修飾成分構成定中短語；B. 與其他親屬稱謂詞構成聯合短語。

【姻】出現頻率：4（姻a《雅》1；姻b《雅》3）。

指稱範疇：A.《小雅・我行其野》「不思舊姻，求爾新特」馬瑞辰《毛詩傳箋通釋》：「夫婦相稱亦為婚姻」。《白虎通》：「婦人因夫而成，故曰姻。《詩》曰：不惟舊姻，謂夫也；又曰：燕爾新婚，謂婦也。」用於同輩稱、旁稱；B.《我行其野》「昏姻之故」2見、《節南山》「瑣瑣姻亞，」鄭箋：「壻之父曰姻」。用於同輩稱、背稱、旁稱。由於「姻」有「丈夫」、「女婿的父親」2種指稱對象，故為多稱詞。

句法功能：A. 與其他親屬詞構成短語作主語：「瑣瑣姻亞，則無膴仕」；B. 與其他親屬詞構成短語作定語：「昏姻之故」；C. 與修飾成分構成短語作動詞的賓語：「不思舊姻」。

組合能力：A. 與其他親屬詞構成聯合短語；B. 與修飾成分構成定中短語。

【昏姻】出現頻率：《雅》2。

指稱範疇：《小雅・正月》「昏姻孔云」、《角弓》「兄弟昏姻，無胥遠矣」，用於通稱、旁稱。

句法功能：A. 單獨作主語；B. 與其他親屬詞構成短語作主語。

組合能力：A. 與描述成分構成主謂短語；B. 與其他親屬詞構成聯合短語。

【男】出現頻率：《雅》1。

指稱範疇：《大雅・思齊》「大姒嗣徽音，則百斯男」，用於晚輩稱、通稱、旁稱。

句法功能：與限定成分構成短語作賓語。

組合能力：與限定成分構成定中短語。

【男子】出現頻率：《雅》2。

指稱範疇：《小雅・斯干》「維熊維羆，男子之祥」；「乃生男子，載寢之床」。用於晚輩稱、通稱、背稱。

句法功能：A. 單獨作動詞的賓語：「乃生男子」；B. 作名詞的定語：「男子之祥」。

組合能力：A. 與動詞構成述賓短語；B. 與名詞構成定中短語。

【子】出現頻率：35。其中，子a 4例（《風》2、《雅》2）；子b 13例（《風》8、《雅》2、《頌》3）；子c 13例（《風》10、《雅》3）；子d《雅》5。

指稱範疇：A.《邶風・凱風》「有子七人」2見、《小雅・小宛》「教誨爾子」、《大雅・生民》「以弗無子」，用於晚輩稱、通稱、旁稱；B.《召南・何彼襛矣》「齊侯之子」、《王風・丘中有麻》「彼留之子」2見、《邶風・二子乘舟》「二子乘舟」2見、「願言思子」2見、《魏風・陟岵》「父曰嗟予子行役」、《大雅・靈臺》「庶民子來」、《生民》「居然生子」、《周頌・時邁》「昊天其子之」、《魯頌・閟宮》「莊公之子」、《商頌・長發》「帝立子生商」，用於晚輩稱、旁稱、面稱、背稱；C.《齊風・南山》「齊子由歸」、「齊子庸止」、《敝笱》「齊子歸止」3見、《載驅》「齊子發夕」、「齊子豈弟」、「齊子翱翔」、「齊子游遨」、《衛風・碩人》「齊侯之子」、《大雅・韓奕》「蹶父之子」、《大明》「大邦有子」2見，用於晚輩稱、旁稱；D.《小雅・大東》「東人之子」、「西人之子」、「舟人之子」、「私人之子」、《大雅・文王有聲》「以燕翼子」，用於晚輩稱、通稱、旁稱。由於「子」有「兒女」、「兒子」、「女兒」、「後代」4種指稱對象，故為多稱詞。

句法功能：A. 與限定成分構成短語作主語18例：「二子乘舟」2見、「庶民子來」、「彼留之子，貽我佩玖」、「齊侯之子，衛侯之妻」、「齊子由歸」、「齊子庸止」、「齊子歸止」3見、「齊子發夕」、「齊子豈弟」、「齊子翱翔」、「齊子

游遨」、「東人之子，職勞不來。西人之子，粲粲衣服。舟人之子，熊羆是裘。
私人之子，百僚是試」；B. 與限定成分構成定中短語獨立成句 1 例：「丘中有
李，彼留之子」；C. 與限定或修飾成分構成短語作動詞的賓語 6 例：「教誨爾
子」、「父曰嗟予子行役」、「平王之孫，齊侯之子」、「周公之孫，莊公之子」、
「韓侯娶妻，汾王之甥，蹶父之子」、「以燕翼子」；D. 直接作動詞的賓語 9
例：「有子七人」2 見、「以弗無子」、「願言思子」2 見、「居然生子」、「帝立
子生商」、「大邦有子」2 見；E. 作動詞 1 例：「昊天其子之」。

　　組合能力：A. 與限定或修飾成分構成定中短語 25 例；B. 與動詞構成述
賓短語 9 例；C. 與代詞構成述賓短語 1 例：「昊天其子之」猶「昊天其以之為
子」。

　　【孝子】出現頻率：3（《雅》2、《頌》1）。

　　指稱範疇：《大雅·既醉》「威儀孔時，君子有孝子。孝子不匱，永錫爾類」、
《周頌·雝》「假哉皇考，綏予孝子」，《詩集傳》：「皇考，文王也；孝子，武王
自稱也」。用於晚輩稱、旁稱、自稱。

　　句法功能：A. 單獨作主語：「孝子不匱」；B. 單獨作動詞的賓語：「君子有
孝子」；C. 與限定成分構成短語作動詞的賓語：「綏予孝子」。

　　組合能力：A. 與表述成分構成主謂短語；B. 與動詞構成述賓短語；C. 與
限定成分構成定中短語。

　　【元子】出現頻率：《頌》1。

　　指稱範疇：《魯頌·閟宮》「王曰叔父，建爾元子，俾侯于魯」孔疏：「言將
欲封魯之時，成王乃告周公曰：叔父，我今欲立汝首子，使之為侯於魯國」。用
於晚輩稱、旁稱。

　　句法功能：與限定成分構成短語作動詞的賓語。

　　組合能力：與限定成分構成定中短語。

　　【宗子】出現頻率：《雅》1。

　　指稱範疇：《大雅·板》「懷德維寧，宗子維城」鄭箋：「和女德，無行酷虐
之政，以安女國，以是為宗子之城。宗子，謂王之適子」。用於晚輩稱、旁稱。

　　句法功能：與名詞構成定中短語作隱含的動詞「為」的賓語。

　　組合能力：與名詞構成定中短語。

【大宗】出現頻率：《雅》1。

指稱範疇：《大雅·板》「大邦維屏，大宗維翰」鄭箋：「大宗，王之同姓之適子也。王當用公卿諸侯及宗室之貴者為藩屏垣幹為輔弼」。用於晚輩稱、旁稱。

句法功能：單獨作主語。

組合能力：與表述成分構成主謂短語。

【伯】出現頻率：6（伯a《頌》1；伯b《風》5）。

指稱範疇：A.《周頌·載芟》「千耦其耘，徂隰徂畛，侯主侯伯，侯亞侯旅」孔疏：「其耘之時，或往之隰，或往之畛。其所往之人，維為主之家長，維處伯之長子……」用於晚輩稱、旁稱；B.《衛風·伯兮》「伯兮朅兮，邦之桀兮。伯也執殳，為王前驅。自伯之東，首如飛蓬」、「願言思伯」2見，用於同輩稱、背稱。因「伯」有「大兒子」與「丈夫」兩種指稱對象，故為多稱詞。

句法功能：A. 單獨作主語2例：「伯兮朅兮」、「伯也執殳」；B. 與其他名詞構成短語作主語：「千耦其耘，徂隰徂畛，侯主侯伯，侯亞侯旅」；C. 單獨作動詞的賓語：「願言思伯」2見；D. 與表述成分構成主謂短語充當介詞的賓語，在句中作時間狀語：「自伯之東，首如飛蓬」。

組合能力：A. 與表述成分構成主謂短語3例；B. 與動詞構成述賓短語2例；C. 與其他名詞構成聯合短語1例。

【季】出現頻率：《風》1。

指稱範疇：《魏風·陟岵》「母曰嗟予季行役，夙夜無寐」毛傳：「季，少子也」。用於晚輩稱、面稱。

句法功能：與限定成分構成定中短語，再與表述成分構成主謂短語作動詞「曰」的賓語。

組合能力：與限定成分「予」構成定中短語。

【帑】出現頻率：《雅》1。

指稱範疇：《小雅·常棣》「宜爾家室，樂爾妻帑」毛傳：「帑，子也」，孔疏：「上云『妻子好合』，『子』即此『帑』也」。用於晚輩稱、通稱、旁稱。

句法功能：與其他成分構成短語作動詞的賓語。

組合能力：與其他親屬詞構成聯合短語。

【女】出現頻率：《雅》3。

指稱範疇：《小雅·都人士》「彼君子女，綢直如髮」鄭箋：「彼君子女者，謂都人之家女也」，「彼君子女」3見，均用於通稱、旁稱。

句法功能：與限定成分構成短語作主語。

組合能力：與限定成分構成定中短語。

【女子】出現頻率：《雅》2。

指稱範疇：《小雅·斯干》「維虺維蛇，女子之祥」、「乃生女子，載寢之地」。用於晚輩稱、通稱、旁稱。

句法功能：A. 單獨作動詞的賓語；B. 與其他成分構成短語作謂語。

組合能力：A. 與動詞構成述賓短語；B. 與名詞構成定中短語。

【長子】出現頻率：《雅》1。

指稱範疇：《大雅·大明》「纘女維莘，長子維行」毛傳：「長子，長女也」。用於晚輩稱、旁稱。

句法功能：單獨作主語。

組合能力：與表述成分構成主謂短語。

【孟】出現頻率：《風》4。

指稱範疇：《鄘風·桑中》「云誰之思，美孟姜矣」鄭箋：「孟姜，列國之長女」、「云誰之思，美孟弋矣」、「云誰之思，美孟庸矣」、《鄭風·有女同車》「彼美孟姜，洵美且都」毛傳：「孟姜，齊之長女」。用於晚輩稱、旁稱。

句法功能：不單獨充當句法成分，只與表「姓」詞構成短語，再與修飾成分結合作主語、謂語。

組合能力：與後置的限定成分構成定中短語。

【甥】出現頻率：3（甥a《雅》2；甥b《風》1）。

指稱範疇：A.《小雅·頍弁》「豈伊異人，兄弟甥舅」鄭箋：「謂吾舅者，吾謂之甥」，《大雅·韓奕》「韓侯取妻，汾王之甥」鄭箋：「姊妹之子為甥」。用於晚輩稱、面稱、旁稱；B.《齊風·猗嗟》「不出正兮，展我甥兮」毛傳：「外孫曰甥」。用於晚輩稱、背稱。因「甥」有「姊妹的兒女」與「外孫」2種指稱對象，故為多稱詞。

句法功能：A. 與其他成分構成短語作謂語；B. 與限定成分構成短語作動詞的賓語。

組合能力：A. 與限定成分構成定中短語；B. 與其他親屬詞構成聯合短語。

【亞】出現頻率：2（亞 a《雅》1；亞 b《頌》1）。

指稱範疇：A.《小雅・節南山》「瑣瑣姻亞，則無膴仕」毛傳：「兩壻相謂曰亞」。用於同輩稱、面稱、旁稱；B.《周頌・載芟》「侯亞侯旅」毛傳：「亞，仲、叔也」。用於晚輩稱、通稱、旁稱。因「亞」有「女婿」與「長子以下的兄弟」2 種指稱對象，故為多稱詞。

句法功能：與其他成分構成短語作主語。

組合能力：與名詞構成聯合短語。

【孫】出現頻率：9（孫 a《風》1、《頌》4；孫 b《風》2；孫 c《頌》2）。

指稱範疇：A.《豳風・狼跋》「公孫碩膚」毛傳：「公孫，成王也，豳公之孫也」，《商頌・那》「湯孫奏假」鄭箋：「湯孫，太甲也」、「於赫湯孫，穆穆厥聲」、「湯孫之將」、《殷武》「湯孫之緒」，用於晚輩稱、旁稱；B.《召南・何彼襛矣》「平王之孫，齊侯之子」、「齊侯之子，平王之孫」，毛傳：「武王女，文王孫，適齊侯之子」，是知王姬為周文王之孫女。用於晚輩稱、旁稱；C.《魯頌・閟宮》「周公之孫，莊公之子」、「后稷之孫，實維大王」，據《史記・周本紀》后稷至古公亶父凡 13 代，而古公亶父被稱為后稷之孫，顯見為孫子以下的後代。用於晚輩稱、通稱、旁稱。由於「孫」有「孫兒」、「孫女」、「孫子以下的後代」3 種指稱對象，故為多稱詞。

句法功能：A. 與限定成分構成短語作主語 8 例：「公孫碩膚」、「湯孫奏假」、「於赫湯孫，穆穆厥聲」、「湯孫之將」、「湯孫之緒」、「平王之孫」、「后稷之孫」、「周公之孫」；B. 與限定成分構成短語作謂語：「齊侯之子，平王之孫」。

組合能力：與限定成分構成定中短語。

【孫子】出現頻率：9（《雅》6、《頌》3）。

指稱範疇：《大雅・文王》「陳錫哉周，侯文王孫子。文王孫子，本支百世」、「假哉天命，有商孫子。商之孫子，其麗不億」，《皇矣》「既受帝祉，施于孫子」，《既醉》「釐爾女士，從以孫子」，《魯頌・有駜》「君子有穀，詒孫子，于胥樂兮」，《商頌・玄鳥》「商之先后，受命不殆，在武丁孫子。武丁孫子，武王靡不勝」，用於晚輩稱、通稱、旁稱。

句法功能：A. 與限定成分構成短語作主語 3 例：「文王孫子，本支百世」、「商之孫子，其麗不億」「武丁孫子，武王靡不勝」；B. 與限定成分構成短語

作動詞的賓語2例:「侯文王孫子」、「有商孫子」;C. 單獨作動詞的賓語:「詒孫子」;D. 與介詞構成短語作動詞的賓語:「施于孫子」;F. 與介詞構成短語作動詞的後置狀語:「從以孫子」F. 與限定成分構成短語再與介詞結合為介賓短語,作動詞的補語:「商之先后,受命不殆,在武丁孫子」。

組合能力:A. 單獨與動詞構成述賓短語1例;B. 與限定成分構成定中短語6例;C. 與介詞構成介賓短語2例。

【子孫】出現頻率:8(《風》3、《雅》3、《頌》2)。

指稱範疇:《周南・螽斯》「宜爾子孫」3見、《小雅・賓之初筵》「子孫其湛」、《大雅・假樂》「子孫千億」、《抑》「子孫繩繩」、《周頌・烈文》與《天作》同見「子孫保之」,用於晚輩稱、通稱、旁稱。

句法功能:A. 單獨作主語5例:「子孫其湛」、「子孫千億」、「子孫繩繩」、「子孫保之」2見;B. 與限定成分構成短語作動詞的賓語3例:「宜爾子孫」3見。

組合能力:A. 與表述成分構成主謂短語;B. 與限定成分構成定中短語。

【子子孫孫】出現頻率:《雅》1。

指稱範疇:《小雅・楚茨》「子子孫孫,爾替引之」,用於晚輩稱、通稱、旁稱。

句法功能:單獨作主語。

組合能力:與表述成分構成主謂短語。

【曾孫】出現頻率:11(《雅》10、《頌》1)。

指稱範疇:《小雅・信南山》「曾孫之穡,以為酒食」、「曾孫壽考」、「曾孫田之」毛傳:「曾孫,成王也」,孔疏:「序言成王奉禹之功,此言曾孫田禹之地,故知曾孫與序成王一人也。成王而謂之曾孫者,以古者祖有德而宗有功,因為之號……成王繼文武之後為太平之主,特異其號,故《詩經》通稱成王為曾孫也」,《甫田》「曾孫不怒」、「曾孫之稼,如茨如梁。曾孫之庾,如坁如京」、《大田》「曾孫是若」、《甫田》與《大田》同見「曾孫來止」、《大雅・行葦》「曾孫維主」、《周頌・維天之命》「曾孫篤之」鄭箋:「曾,猶重也。自孫之子而下,事先祖皆稱曾孫」。用於晚輩稱、旁稱、特稱。

句法功能:A. 單獨作主語8例:「曾孫田之」、「曾孫壽考」、「曾孫不怒」、「曾孫來止」2見、「曾孫是若」、「曾孫維主」、「曾孫篤之」;B. 與名詞構成短

語作主語 3 例：「曾孫之稿，以為酒食」、「曾孫之稼，如茨如梁。曾孫之庾，如坻如京」。

組合能力：A. 與表述成分構成主謂短語 8 例；B. 與名詞構成定中短語 3 例。

【後】出現頻率：6（《風》1、《雅》3、《頌》2）。

指稱範疇：《邶風・谷風》與《小雅・小弁》同見「遑恤我後」，鄭箋：「我身尚不能自容，何暇憂我後所生子孫也」，《南山有臺》「保艾爾後」、《大雅・瞻卬》「式救爾後」、《周頌・雝》「克昌厥後」、《武》「克開厥後」，用於晚輩稱、背稱、旁稱。

句法功能：與代詞「我」、「爾」、「厥」分別構成短語作動詞的賓語。

組合能力：與限定成分構成定中短語。

【後生】出現頻率：《頌》1。

指稱範疇：《商頌・殷武》「壽考且寧，以保我後生」鄭箋：「王乃壽考且安，以此全守我子孫」。用於晚輩稱、背稱。

句法功能：與代詞「我」構成短語作動詞的賓語。

組合能力：與限定成分構成定中短語。

【室人】出現頻率：《風》1。

指稱範疇：《邶風・北門》「我入自外，室人交徧讁我」鄭箋：「我從外而入，在室之人更迭徧來責我」。用於通稱、背稱。

句法功能：單獨作主語。

組合能力：與表述成分構成主謂短語。

【親】出現頻率：《風》1。

指稱範疇：《豳風・東山》「親結其縭」毛傳：「母戒女，施衿結帨」。用於長輩稱、旁稱。

句法功能：單獨作主語。

組合能力：與表述成分構成主謂短語。

【母】出現頻率：43。其中，與其他成分構成用於親屬稱謂的雙音詞 4 例（「母氏」3 例、「文母」1 例）；單獨或與其他成分構成短語表親屬稱謂 39 例（《風》20、《雅》18、《頌》1）。

指稱範疇：《邶風・凱風》「莫慰母心」、《鄘風・柏舟》「母也天只，不諒

人只」2見，毛傳：「天謂父也」。《王風・葛藟》「謂他人母」2見、《魏風・陟
岵》「瞻望母兮。母曰嗟予季行役」、《小雅・四牡》「不遑將母」、「將母來諗」、
《祈父》「有母之尸饔」、《小弁》「靡依非母」、《蓼莪》「無母何恃」、「母兮鞠
我」、《大雅・思齊》「思齊大任，文王之母」、《魯頌・閟宮》「令妻壽母」。另
外，「母」與「父」並用19例，與「父」、「先祖」並用1例，與「父」、「兄
弟」並用4例，均見「父」條。用於長輩稱、背稱、旁稱。

　　句法功能：A. 單獨作主語2例：「母曰嗟予子行役」、「母兮鞠我」；B. 與
其他親屬稱謂詞構成短語作主語9例：「母也天只，不諒人只」2見、「父母孔
邇」、「父兮母兮，畜我不卒」、「父母何怙」、「父母何食」、「父母何嘗」、「父母
生我」、「父母先祖、胡寧忍予」；C. 單獨作名詞的定語僅1例：「莫慰母心」；
D. 與其他親屬稱謂詞構成短語作定語僅1例：「父母之言」；E. 單獨作動詞
的賓語6例：「瞻望母兮」、「不遑將母」、「將母來諗」、「靡依匪母」、「無母何
恃」、「令妻壽母」；F. 單獨作兼語1例：「有母之尸饔」；G. 與其他成分構成
短語作賓語19例。

　　組合能力：A. 與「父」構成聯合短語19例，與「天」構成聯合短語2例，
與「父」、「先祖」構成聯合短語1例，與「父」、「兄弟」構成聯合短語4例；
B. 單獨與動詞構成述賓短語6例；C. 與限定成分構成定中短語3例：「謂他
人母」2見、「文王之母」，充當限定名詞的成分構成定中短語1例：「莫慰母
心」D. 單獨與表述成分構成主謂短語2例；E. 構成兼語式短語1例。

　　【母氏】出現頻率：《風》3。

　　指稱範疇：《邶風・凱風》「母氏劬勞」、「母氏聖善」、「母氏勞苦」，用於長
輩稱、背稱。

　　句法功能：單獨作主語。

　　組合能力：與表述成分構成主謂短語。

　　【文母】出現頻率：《頌》1。

　　指稱範疇：《周頌・雝》「既右烈考，亦右文母」鄭箋：「乃以見右助於光
明之考與文德之母歸美焉」。用於長輩稱、背稱、美稱。

　　句法功能：單獨作動詞的賓語。

　　組合能力：與動詞構成述賓短語。

　　【舅】出現頻率：《雅》2。

指稱範疇：《小雅・頍弁》「豈伊異人，兄弟甥舅」鄭箋：「謂吾舅者，吾謂之甥」，《大雅・崧高》「往近王舅，南土是保」毛傳：「申伯，宣王之舅也」，用於長輩稱，面稱、旁稱。

句法功能：與其他成分構成短語作動詞的賓語。

組合能力：A. 與限定成分構成定中短語；B. 與其他親屬詞構成聯合短語。

【舅氏】出現頻率：《風》2。

指稱範疇：《秦風・渭陽》「我送舅氏，曰至渭陽」、「我送舅氏，悠悠我思」，毛傳：「母之昆弟曰舅」，孔疏：「謂舅為氏者，以舅之與甥氏姓必異，故書傳通謂為舅氏」，用於長輩稱、背稱。

句法功能：單獨作動詞的賓語。

組合能力：與動詞構成述賓短語。

【元舅】出現頻率：《雅》1。

指稱範疇：《大雅・崧高》「王之元舅，文武是憲」孔疏：「又歎美申伯，此王之長舅」，用於長輩稱、旁稱。

句法功能：與限定成分構成短語作主語。

組合能力：與限定成分構成定中短語。

【諸舅】出現頻率：《雅》1。

指稱範疇：《小雅・伐木》「既有肥牡，以速諸舅」孔疏：「《禮》：天子謂同姓諸侯，諸侯謂同姓大夫皆曰父，異姓則稱舅。故曰『諸父』、『諸舅』也，《禮記》注云：『稱之以父與舅，親親之辭也』。用於長輩稱、通稱、背稱、尊稱。

句法功能：單獨作動詞的賓語。

組合能力：與動詞構成述賓短語。

【君】出現頻率：13。其中10例指稱國君；3例用於親屬稱謂：君a《風》2；君b《雅》1。

指稱範疇：A.《衛風・碩人》「無使君勞」、《鄘風・鶉之奔奔》「人之無良，我以為君」毛傳：「君，國小君」，鄭箋：「小君謂宣姜」，孔疏：「夫人對君稱小君，以夫妻一體言之亦得曰君。襄九年《左傳》筮穆姜曰：『君其出乎』是也」。用於同輩稱、旁稱、尊稱；B.《小雅・天保》「君曰卜爾」毛傳：「君，

先君也」，《詩集傳》：「君，通謂先公先王也」。用於長輩稱、通稱、旁稱。因「君」有「國君的夫人」與「祖先」2 種指稱對象，故為多稱詞。

句法功能：A. 單獨作主語：「君曰卜爾」；B. 單獨作兼語：「無使君勞」；C. 單獨作動詞的賓語：「我以為君」。

組合能力：A. 與表述成分構成主謂短語；B. 構成兼語式短語；C. 與動詞構成述賓短語。

【君子】出現頻率：183。其中用於親屬稱謂：《風》14。

指稱範疇：《周南·汝墳》「未見君子」、「既見君子」、《召南·草蟲》「未見君子」3 見、《殷其雷》「振振君子，歸哉歸哉」3 見、《邶風·雄雉》「展矣君子，實勞我心」、「百爾君子，不知德行」孔疏：「婦人念夫心不能已」。《秦風·小戎》「言念君子」3 見、《鄘風·君子偕老》「君子偕老」孔疏：「今之夫人何以不善而為淫亂，不能與君子偕老乎」。用於同輩稱、背稱、旁稱。

句法功能：A. 與修飾成分構成短語作主語 5 例：「振振君子，歸哉歸哉」3 見、「展矣君子，實勞我心」、「百爾君子，不知德行」；B. 單獨作動詞的賓語 8 例：「未見君子」4 見、「既見君子」、「言念君子」3 見；C. 作狀語：「君子偕老」。

組合能力：A. 與修飾成分構成定中短語 5 例；B. 與動詞構成述賓短語 8 例。

【先君】出現頻率：《風》1。

指稱範疇：《邶風·燕燕》「先君之思，以勖寡人」鄭箋：「戴媯思先君莊公之故，故將歸」。用於同輩稱、背稱。

句法功能：單獨作動詞的前置賓語。

組合能力：與動詞構成述賓短語。

【士】出現頻率：52。其中 4 例用於親屬稱謂：《風》4。

指稱範疇：《衛風·氓》「無與士耽」、「士之耽兮」、「士貳其行」、「士也罔極」，馬瑞辰《毛詩傳箋通釋》：「《詩》當與男子不相識之初則稱氓；約與婚姻則稱子，子者，男子美稱也；嫁則稱士，士者，夫也」，孔疏「己時為夫所寵，不聽其言，今見棄背，乃思而自悔」。用於同輩稱、背稱。

句法功能：A. 單獨作主語；B. 與介詞構成短語作狀語。

組合能力：A. 與表述成分構成主謂短語 3 例；B. 與介詞構成介賓短語 1 例。

【良人】出現頻率：8。其中《秦風‧黃鳥》與《大雅‧桑柔》共5例指優秀人才；3例用於親屬稱謂：良人a《風》2；良人b《風》1。

指稱範疇：A.《唐風‧綢繆》「見此良人」、「如此良人何」毛傳：「良人，美室也」，孔疏：「知此美室者，以下云『見此粲者』。粲是三女，故知良人為美室。良訓為善，故稱美室也」；B.《秦風‧小戎》「言念君子，載寢載興。厭厭良人，秩秩德音」，《唐風‧綢繆》孔疏：「《小戎》云『厭厭良人』，妻謂夫為良人」。均用於同輩稱、背稱、美稱。因「良人」有「妻子」和「丈夫」2種指稱對象，故為多稱詞。

句法功能：A. 與修飾成分構成短語作主語1例；B. 與限定成分構成短語作動詞的賓語2例。

組合能力：與修飾或限定成分構成定中短語。

【婦】出現頻率：18。其中，表「婦女」義13例；構成雙音詞「君婦」2例；用於指稱男子的配偶3例：婦a《風》1；婦b《風》1、《雅》1。

指稱範疇：A.《豳風‧東山》「婦嘆于室」《詩集傳》：「行者之妻亦思其夫之勞苦而歎息於家」，用於同輩稱、旁稱；B.《衛風‧氓》「三歲為婦」鄭箋：「有舅姑曰婦」，《大雅‧思齊》「思齊大任，文王之母。思媚周姜，京室之婦」孔疏：「言大任能上慕先姑之所行，下為子婦之所續」。用於晚輩稱、旁稱、自稱。因「婦」有「妻子」、「兒媳」2種指稱對象，故為多稱詞。

句法功能：A. 單獨作主語；B. 單獨作動詞的賓語；C. 與限定成分構成短語作賓語。

組合能力：A. 與表述成分構成主謂短語；B. 與動詞構成述賓短語；C. 與限定成分構成定中短語。

【君婦】出現頻率：《雅》2。

指稱範疇：《小雅‧楚茨》「君婦莫莫，為豆孔庶」、「諸宰君婦，廢徹不遲」，鄭箋：「君婦謂後也。凡適妻稱君婦，事舅姑之稱也。」孔疏：「凡適妻稱君婦，故妾稱之為女君也，婦有舅姑之稱。」用於晚輩稱、旁稱。

句法功能：A. 單獨作主語；B. 與其他名詞構成短語作主語。

組合能力：A. 與描述成分構成主謂短語；B. 與其他名詞構成聯合短語。

【妻】出現頻率：13。其中，除去雙音詞「寡妻」1例，餘12例：《風》7、《雅》4、《頌》1。

指稱範疇：《衛風‧碩人》「齊侯之子，衛侯之妻」、《邶風‧匏有苦葉》「士如歸妻」、《齊風‧南山》「取妻如之何」2 見、《陳風‧衡門》「豈其取妻」2 見、《豳風‧伐柯》「取妻如何」、《小雅‧常棣》「妻子好合」、「樂爾妻帑」、《十月之交》「豔妻煽方處」、《大雅‧韓奕》「韓侯取妻」、《魯頌‧閟宮》「令妻壽母」。用於同輩稱、背稱、旁稱。

句法功能：A. 與其他成分構成短語作主語 2 例：「妻子好合」、「豔妻煽方處」；B. 單獨作動詞的賓語 7 例；C. 與其他成分構成短語作動詞的賓語 2 例：「齊侯之子，衛侯之妻」、「樂爾妻帑」D. 作兼語 1 例：「令妻壽母」。

組合能力：A. 與限定成分構成定中短語 2 例：「衛侯之妻」、「豔妻煽方處」；B. 與其他親屬詞構成聯合短語 2 例：「妻子好合」、「樂爾妻帑」；C. 構成兼語式短語 1 例：「令妻壽母」D. 與動詞構成述賓短語 7 例。

【寡妻】出現頻率：《雅》1。

指稱範疇：《大雅‧思齊》「刑于寡妻，至于兄弟」毛傳：「寡妻，適妻也」，鄭箋：「寡妻，寡有之妻，言賢也」，用於同輩稱、旁稱、美稱。

句法功能：與介詞構成短語作動詞的賓語。

組合能力：與介詞構成介賓短語。

【嬪】出現頻率：《雅》1。

指稱範疇：《大雅‧大明》「摯仲氏任，自彼殷商，來嫁于周，曰嬪于京」孔疏：「嬪，婦。《釋親》文。下《曲禮》云：『生曰妻，死曰嬪。』此生而言嬪者，周禮立九嬪之官，婦人有德之稱。妻死其夫以美號名之，故稱嬪也。若非夫於妻，傍稱女婦有德，雖生亦曰嬪。」用於同輩稱、旁稱、美稱。

句法功能：單獨作動詞的賓語。

組合能力：與動詞構成述賓短語。

【姨】出現頻率：《風》1。

指稱範疇：《衛風‧碩人》「東宮之妹，邢侯之姨」毛傳：「妻之姊妹曰姨」。用於同輩稱、旁稱。

句法功能：與限定成分構成短語作謂語。

組合能力：與限定成分構成定中短語。

【諸娣】出現頻率：《雅》1。

指稱範疇：《大雅‧韓奕》「諸娣從之」毛傳：「諸娣，眾妾也」。用於同輩

稱、通稱、旁稱。

　　句法功能：單獨作主語。

　　組合能力：與表述成分構成主謂短語。

　　根據以上考察列表如下：

詞形	詞義	詞頻	指稱範疇		句法功能	組合能力
祖	a 祖父	《雅》4	長輩稱 旁稱 多稱	背稱、通稱	a 單獨作定語：繩其祖武； b 構成短語作動詞賓語：無念爾祖	a 構成定中短語：繩其祖武； b 構成聯合短語：似續妣祖； c 構成同位短語：自召祖命
	b 祖先	《雅》2 《頌》2				
大祖	始祖	《雅》1	長輩稱、背稱		單獨作補語：南仲大祖	與省去的介詞「於」構成介賓短語
先祖	祖先	《雅》6 《頌》1	長輩稱、通稱、背稱		a 單獨作主語：先祖受命； b 構成短語作主語：父母先祖，胡寧忍予	a 構成聯合短語：父母先祖； b 構成主謂短語：先祖匪人
皇祖	a 祖父	《頌》1	長輩稱 多稱	背稱 旁稱、通稱、尊稱、特稱	a 單獨作動詞賓語：獻之皇祖； b 構成短語作主語：周公皇祖，亦其福女	a 構成述賓短語：念茲皇祖、無忝皇祖； b 構成同位短語：皇祖后稷；c 構成聯合短語：周公皇祖
	b 祖先	《雅》2 《頌》2				
烈祖	祖先	《雅》1 《頌》3	長輩稱、旁稱、背稱、美稱		a 單獨作主語：嗟嗟烈祖，有秩斯祜； b 單獨作動詞賓語：烝衎烈祖； c 構成短語作動詞賓語：衎我烈祖	a 構成定中短語：衎我烈祖； b 構成述賓短語：昭假烈祖； c 構成主謂短語：嗟嗟烈祖，有秩斯祜
祖考（3）	祖先	《雅》2	長輩稱、通稱、旁稱		構成短語作動詞賓語：《大雅·韓奕》：王親命之，纘戎祖考	a 構成介賓短語：享于祖考； b 構成定中短語：纘戎祖考
妣	a 祖母	《雅》1	長輩稱 旁稱、多稱	通稱	構成短語作動詞的賓語：似續妣祖	構成聯合短語
	B 女性祖先	《頌》2				

公	祖先	《雅》3	長輩稱、通稱、背稱		a 構成短語作主語：群公先正，則不我助； b 構成短語作介詞賓語：于公先王	a 構成定中短語； b 構成聯合短語
宗公	祖先	《雅》1	長輩稱、通稱、背稱		單獨作介詞賓語：惠于宗公	構成介賓短語
先王	諸嫠以下王室祖先	《雅》3	長輩稱、通稱、背稱		a 單獨作主語：昔先王受命 b 單獨作動詞賓語：罔敷求先王； c 構成短語作介詞賓語	a 構成主謂短語； b 構成述賓短語； c 構成聯合短語：于公先王
先后	王室祖先	《頌》1	長輩稱、通稱、背稱		構成短語作主語：商之先后，受命不殆	構成定中短語
先人	王室祖先	《雅》1	長輩稱、旁稱		構成短語作動詞賓語：念昔先人	構成定中短語
先公	死去的父親	《雅》1	長輩稱、背稱、別稱		單獨作動詞賓語：似先公遒矣	構成述賓短語
考	死去的父親	《雅》1	長輩稱、旁稱		構成短語作動詞賓語：《大雅·烝民》：纘戎祖考，王躬是保	構成聯合短語
皇考	a 死去的父親	《頌》2	長輩稱 背稱 多稱		單獨作主語	構成主謂短語：於乎皇考，永世克孝；與前置形容詞也構成主謂短語：休矣皇考、假哉皇考
	b 死去的祖父	《頌》1		尊稱		
烈考	死去的父親	《頌》1	長輩稱、背稱、美稱		單獨作動詞賓語	構成述賓短語
昭考	死去的父親	《頌》2	長輩稱、背稱、美稱		a 單獨作動詞賓語：率見昭考； b 構成短語作動詞賓語：率時昭考	a 構成述賓短語： b 構成定中短語：
父	a 父親	《風》17 《雅》15	長輩稱 背稱 多稱	旁稱	a 單獨作主語：父兮生我； b 構成短語作主語：父母孔邇； c 構成短語作定語：父母之言； d 單獨作動詞賓語：瞻望父兮； e 構成短語作動詞賓語：誰無父母	a 構成聯合短語：父母先祖； b 構成述賓短語：不遑將父； c 構成定中短語：謂他人父； d 構成主謂短語：父曰嗟予子行役
	B 同姓的父輩男性親戚	《風》1		通稱		

叔父	父親的弟弟	《頌》1	長輩稱、面稱	單獨作動詞賓語	構成述賓短語
諸父	同姓的父輩男性親戚	《雅》3	長輩稱、通稱、背稱、尊稱	a 單獨作動詞賓語：以速諸父； b 構成短語作動詞賓語：復我諸父； c 構成短語作主語：諸父兄弟，備言燕私	a 構成述賓短語 b 構成定中短語 c 構成聯合短語
諸姑	父親的姊妹	《風》1	長輩稱、通稱、背稱	構成短語作動詞賓語：問我諸姑	構成定中短語
兄	哥哥	《風》13 《雅》11	同輩稱、背稱、旁稱	a 單獨作主語：兄曰嗟予弟行役； b 構成短語作主語：兄弟不知； c 單獨作動詞賓語：我以為兄； d 構成短語作動詞賓語：人無兄弟	a 構成主謂短語； b 構成述賓短語； c 構成定中短語； d 構成聯合短語
諸兄	同宗族年長的同輩男性親戚	《雅》1	同輩稱、通稱、背稱	構成短語作動詞賓語：復我諸兄	構成定中短語
昆	哥哥	《風》2	同輩稱、旁稱	構成短語作動詞賓語	構成定中短語：謂他人昆
伯氏	大哥	《雅》1	同輩稱、旁稱	單獨作主語	構成主謂短語
弟	弟弟	《風》11 《雅》10	同輩稱、面稱、背稱、旁稱	a 構成短語作主語：兄弟不知； b 單獨作動詞賓語：宜兄宜弟 c 構成短語作動詞賓語：終鮮兄弟	a 構成述賓短語； b 構成定中短語：嗟予弟行役； c 構成聯合短語
兄弟	父母兩系的同輩男子	《風》3 《雅》9	同輩稱、通稱、背稱、旁稱	a 單獨作主語：兄弟無遠； b 構成短語作主語：兄弟昏姻，無胥遠矣； c 單獨作動詞賓語：終遠兄弟； d 單獨作介詞賓語：至于兄弟； e 構成短語作隱含判斷動詞的賓語：豈伊異人，兄弟甥舅	a 構成主謂短語； b 構成述賓短語； c 構成介賓短語； d 構成定中短語：戚戚兄弟； e 構成聯合短語

伯姊	大姐	《風》1	同輩稱、背稱		單獨作動詞賓語	構成述賓短語
仲氏	a 二哥	《雅》1	同輩稱、旁稱、多稱		a 單獨作主語：仲氏吹箎； b 構成短語作主語：摯仲氏任，自彼殷商，來嫁于周	a 構成主謂短語； b 構成定中短語：仲氏任只
	b 二姐	《風》1 《雅》1				
妹	妹妹	《風》1 《雅》1	同輩稱、旁稱		構成短語作謂語	構成定中短語
昏	a 妻子	《風》3 《雅》1	同輩稱 多稱	旁稱	a 構成短語作動詞賓語：覯爾新昏； b 構成短語作定語：昏姻之故	a 構成定中短語； b 構成聯合短語
	b 兒媳的父親	《雅》2		背稱		
姻	a 丈夫	《雅》1	同輩稱 旁稱 多稱	背稱	a 構成短語作主語：瑣瑣姻亞，則無膴仕； b 構成短語作定語：昏姻之故； c 構成短語作動詞賓語：不思舊姻	a 構成定中短語； b 構成聯合短語
	b 女婿的父親	《雅》3				
昏姻	有婚姻關係的親戚	《雅》2	通稱、旁稱		a 單獨作主語：昏姻孔云； b 構成短語作主語：兄弟昏姻，無胥遠矣	a 構成主謂短語； b 構成聯合短語
男	兒子	《雅》1	晚輩稱、通稱、旁稱		構成短語作動詞賓語：大姒嗣徽音，則百斯男	構成定中短語
男子	兒子	《雅》2	晚輩稱、通稱、背稱		a 單獨作動詞賓語：乃生男子； b 單獨作定語：男子之祥	a 構成述賓短語； b 構成定中短語
子	a 兒女	《風》2 《雅》2	晚輩稱 旁稱 多稱	通稱	a 構成短語作主語：庶民子來； b 構成短語作謂語：丘中有李，彼留之子； c 構成短語作動詞賓語：教誨爾子； d 單獨作動詞賓語：居然生子； e 單獨作動詞謂語：昊天其子之	a 構成述賓短語； b 構成定中短語
	b 兒子	《風》8 《雅》2 《頌》3		面稱 背稱		
	c 女兒	《風》10 《雅》3				
	d 後代	《雅》5		通稱		

元子	王室正妻所生長子	《頌》1	晚輩稱、旁稱	構成短語作動詞賓語：建爾元子	構成定中短語
宗子	王室正妻所生長子	《雅》1	晚輩稱、旁稱	構成短語作隱含動詞賓語：懷德維寧，宗子維城	構成定中短語
大宗	與王室同姓的諸侯正妻所生長子	《雅》1	晚輩稱、旁稱	單獨作主語：大宗維翰	構成主謂短語
孝子	孝順父母的兒子	《雅》2 《頌》1	晚輩稱、旁稱、自稱	a 單獨作主語：孝子不匱； b 單獨作動詞賓語：君子有孝子； c 構成短語作動詞賓語：綏予孝子	a 構成主謂短語； b 構成述賓短語； c 構成定中短語
硌	兒子	《雅》1	晚輩稱、通稱、旁稱	構成短語作動詞賓語：樂爾妻硌	構成聯合短語
伯	a 大兒子	《頌》1	多稱	晚輩稱、旁稱	a 單獨作主語：伯也執殳； b 構成短語作主語：徂隰徂畛，侯主侯伯； c 單獨作動詞賓語：願言思伯； d 構成短語作介詞賓語：自伯之東	a 構成主謂短語； b 構成述賓短語； c 構成聯合短語
	b 丈夫	《風》5		同輩稱、背稱		
季	小兒子	《風》1	晚輩稱、面稱	構成短語作主語：嗟予季行役	構成定中短語
女	家裏的女性親屬	《雅》3	通稱、旁稱	構成短語作主語：彼君子女，綢直如髮	構成定中短語
女子	女兒	《雅》2	晚輩稱、通稱、旁稱	a 單獨作動詞賓語：乃生女子； b 構成短語作謂語：維虺維蛇，女子之祥	a 構成述賓短語； b 構成定中短語
長子	大女兒	《雅》1	晚輩稱、旁稱	單獨作主語	構成主謂短語
孟	大女兒	《風》4	晚輩稱、旁稱	a 構成短語作主語：彼美孟姜，洵美且都； b 構成短語作謂語：云誰之思，美孟弋矣	構成定中短語

甥	a 姊妹的兒女	《雅》2	晚輩稱 多稱	面稱 旁稱	a 構成短語作謂語：豈伊異人，兄弟甥舅；	a 構成聯合短語；
	b 外孫	《頌》1		背稱	b 構成短語作動詞賓語：展我甥兮	b 構成定中短語
亞	a 女婿	《雅》1	旁稱 通稱 多稱	同輩稱 面稱	構成短語作主語：瑣瑣姻亞，則無膴仕	構成聯合短語
	b 長子以下的兄弟	《頌》1		晚輩稱 通稱		
孫	a 孫兒	《風》1 《頌》4	晚輩稱 旁稱 多稱		a 構成短語作主語：湯孫奏假；	構成定中短語
	b 孫女	《風》2			b 構成短語作謂語：齊侯之子，平王之孫	
	c 孫子以下的後代	《頌》2		通稱		
孫子	後代	《雅》6 《頌》3	晚輩稱、通稱、旁稱		a 構成短語作主語：文王孫子，本支百世； b 單獨作動詞賓語：詒孫子； c 構成短語作動詞賓語：侯文王孫子； d 構成短語作後置狀語：從以孫子； e 構成短語作動詞補語：商之先後，受命不殆，在武丁孫子	a 構成述賓短語：詒孫子； b 構成定中短語：武丁孫子； c 構成介賓短語：施于孫子
子	後代	《風》3 《雅》3 《頌》2	晚輩稱、通稱、旁稱		a 單獨作主語：子孫其湛； b 構成短語作動詞賓語：宜爾子孫	a 構成主謂短語； b 構成定中短語
子子孫孫	後代	《雅》1	晚輩稱、通稱、旁稱		單獨作主語	構成主謂短語
曾孫	孫之子以下的後代	《雅》10 《頌》1	晚輩稱、旁稱、特稱		a 單獨作主語：曾孫來止； b 構成短語作主語：曾孫之穡，以為酒食	a 構成主謂短語； b 構成定中短語
後	子孫	《風》1 《雅》3 《頌》2	晚輩稱、背稱、旁稱		構成短語作動詞賓語：克開厥後	構成定中短語
後生	子孫	《頌》1	晚輩稱、背稱		構成短語作動詞賓語	構成定中短語

室人	家中親屬	《風》1	通稱、背稱		單獨作主語	構成主謂短語
親	母親	《風》1	長輩稱、旁稱		單獨作主語	構成主謂短語
母	母親	《風》20 《雅》18 《頌》1	長輩稱、背稱、旁稱		a 單獨作主語：母兮鞠我；b 構成短語作主語：父母何怙；c 單獨作定語：莫慰母心；d 構成短語作定語：父母之言；e 單獨作動詞賓語：瞻望母兮；f 構成短語作賓語：謂他人母；g 單獨作兼語：有母之尸饔	a 構成聯合短語；b 構成述賓短語；c 構成定中短語；d 構成主謂短語；e 構成兼語式短語
母氏	母親	《風》3	長輩稱、背稱		單獨作主語	構成主謂短語
文母	母親	《頌》1	長輩稱、背稱、美稱		單獨作動詞賓語	構成述賓短語
舅	舅舅	《雅》2	長輩稱、面稱、旁稱		構成短語作動詞賓語：往近王舅	a 構成定中短語；b 構成聯合短語
舅氏	舅舅	《風》2	長輩稱、背稱		單獨作動詞賓語	構成述賓短語
元舅	大舅	《雅》1	長輩稱、旁稱		構成短語作主語	構成定中短語
諸舅	異姓母輩男性親戚	《雅》1	長輩稱、通稱、背稱、尊稱		單獨作動詞賓語	構成述賓短語
君	a 國君的夫人	《風》2	旁稱 多稱	同輩稱 尊稱	a 單獨作主語：君曰卜爾 b 單獨作動詞賓語；c 單獨作兼語：無使君勞	a 構成主謂短語；b 構成述賓短語；c 構成兼語式短語
	b 祖先	《雅》1		長輩稱 通稱		
君子	妻稱夫	《風》14	同輩稱、背稱、旁稱		a 構成短語作主語：振振君子，歸哉歸哉 b 單獨作動詞賓語：未見君子 c 作狀語：君子偕老	a 構成定中短語；b 構成述賓短語；c 構成狀中短語
士	妻稱夫	《風》4	同輩稱、背稱		a 單獨作主語：士貳其行；b 構成短語作狀語：無與士耽	a 構成主謂短語；b 構成介賓短語

先君	國君的配偶稱亡夫	《風》1	同輩稱、背稱		單獨作動詞賓語	構成述賓短語
良人	a 妻子 b 丈夫	《風》2 《風》1	同輩稱、背稱、美稱、多稱		a 構成短語作主語：厭厭良人，秩秩德音； b 構成短語作動詞賓語：見此良人	構成定中短語
婦	a 妻子 b 兒媳	《風》1 《風》1 《雅》1	旁稱 多稱	同輩稱 晚輩稱 自稱	a 單獨作主語：婦嘆于室； b 單獨作動詞賓語：三歲為婦； c 構成短語作隱含動詞的賓語：思媚周姜，京室之婦	a 構成主謂短語； b 構成述賓短語； c 構成定中短語
君婦	國君正妻	《雅》2	晚輩稱、旁稱		a 單獨作主語：君婦莫莫； b 構成短語作主語：諸宰君婦，廢徹不遲	a 構成主謂短語； b 構成聯合短語
妻	妻子	《風》7 《雅》4 《頌》1	同輩稱、背稱、旁稱		a 構成短語作主語：妻子好合； b 單獨作動詞賓語：豈其取妻； c 構成短語作動詞賓語：樂爾妻帑； d 單獨作兼語：令妻壽母	a 構成定中短語：齊侯之子，衛侯之妻； b 構成聯合短語； c 構成述賓短語； d 構成兼語式短語
寡妻	正妻	《雅》1	同輩稱、旁稱、美稱		構成短語作動詞賓語	構成介賓短語
嬪	妻子	《雅》1	同輩稱、旁稱、美稱		單獨作動詞賓語	構成述賓短語
姨	妻子的姐妹	《風》1	同輩稱、旁稱		構成短語作謂語：東宮之妹，邢侯之姨	構成定中短語
諸娣	同夫的妾	《雅》1	同輩稱、通稱、旁稱		單獨作主語：諸娣從之	構成主謂短語

四、結果與討論

分類疏理以上內容可知：

A 出現頻率為 1 次的有 32 個詞；2 次和 3 次的各有 11 個詞；4 次的有 4 個詞。出現頻率在 5 次以上的親屬稱謂詞有 19 個：

詞形	母	子	父	兄	弟	君子	兄弟	妻	曾孫	孫
詞頻	39	35	33	24	21	14	12	12	11	9
詞形	孫子	祖	子孫	良人	先祖	昏	伯	後	皇祖	
詞頻	9	8	8	8	7	6	6	6	5	

B 全部親屬稱謂詞的指稱範疇分布情況：

指稱範疇	長輩稱	同輩稱	晚輩稱	多稱	通稱	面稱	背稱
分布頻率	30	24	24	16	31	7	40
指稱範疇	旁稱	美稱	尊稱	自稱	特稱	別稱	
分布頻率	51	7	5	2	2	1	

C 全部詞語的句法功能情況：

不能單獨充當句子成分的詞有 29 個：祖考、妣、公、先后、先人、考、諸姑、諸兄、昆、妹、昏、姻、男、元子、宗子、帑、季、女、孟、甥、亞、孫、後、後生、舅、元舅、良人、寡妻、姨；單獨充當 4 種句子成分的詞有 1 個：母；單獨充當 3 種句子成分的詞有 2 個：兄弟、君；單獨充當 2 種句子成分的詞有 11 個：烈祖、先王、父、兄、男子、子、孝子、伯、君子、婦、妻；其餘 34 個只能單獨充當一種句子成分。

由「孫子」構成的短語充當 4 種句子成分；由父、母、子、姻分別構成的短語都充當 3 種句子成分；由公、諸父、兄、弟、兄弟、昏、伯、孟、甥、孫、妻、良人分別構成的短語都充當 2 種句子成分；其餘 60 個詞分別構成的短語只能充當一種句子成分。

這兩種情況的數量分布如下：

句法功能	單作主	單作謂	單作動賓	單作介賓	單作定	單作狀	單作補	單作兼語
具此功能詞的數量	26	1	29	2	3	1	1	3
句法功能	短作主	短作謂	短作動賓	短作介賓	短作定	短作狀	短作補	
具此功能詞的數量	26	7	34	3	4	2	1	

D 全部詞語的組合能力情況：

能組成 5 種不同短語結構的親屬詞有：母、兄弟；能組成 4 種不同短語結構的親屬詞有：父、兄、妻；能組成 3 種不同短語結構的親屬詞有：祖、皇祖、

烈祖、先王、諸父、弟、孝子、伯、孫子、君、君子、婦；能組成 2 種不同短語結構的親屬詞有：先祖、祖考、公、昭考、仲氏、昏、姻、昏姻、男子、子、女子、甥、子孫、曾孫、舅、士、君婦；其餘 43 個詞分別只能組成一種短語結構。

全部親屬稱謂詞組合能力的數量分布如下：

組合的短語類型	主謂	述賓	介賓	定中	狀中	聯合	同位	兼語
具此組合能力的詞的數量	26	29	7	43	1	23	2	3

這樣，《詩經》親屬稱謂詞的全貌就比較清楚了。

參考文獻

1. ［清］阮元校刻，《十三經注疏》，北京：中華書局，1980 年。

2. 李波、李曉光、富金壁編，《十三經新索引》，北京：中國廣播電視出版社，1997 年。

3. 洪業、聶崇岐、李書春、馬錫用編，《毛詩引得》，上海：上海古籍出版社，1986 年。

4. 朱熹集註，《詩集傳》，上海：上海古籍出版社，1980 年。

5. 向熹編，《詩經詞典》，成都：四川人民出版社，1986 年。

原載加拿大 Cross-Cultural Communication（Volume 4, Number 2, 30 June 2008）。

現代漢語詞義探索

摘　要

　　「草根」見於中國古籍，但「民間組織」、「民間文化」這樣的意義卻是外來的，這只能說「草根」吸收了外來義，它並非外來詞。「絕招」以武術為基本立腳點，「絕著」以棋藝為本原，在不強調它們的本來意義的言語環境中，往往可以互換使用，但不應把「絕招」和「絕著」視為同一個詞的不同寫法。「熇」的聲符「高」的聲母是不送氣清塞音[k]，不能準確反映「熇」的讀音。後起字「烤」換「高」為送氣音的「考」，準確標注了詞的讀音，這可能是「烤」取代「熇」的原因。由於西南方言中「老子」和用「老子」構成的稱謂詞都用來指稱父親和父輩親屬，因而在社會交際中用「老子」作為第一人稱代詞，就意味著以父輩的身份凌駕於聽話者之上，進而成為詈語。

關鍵詞：草根；絕招；熇；老子

　　現代漢語中有的語詞來源不明，有時會誤以為是外來詞；有的語詞與另外的語詞音同義近，很容易被誤以為是異形詞；還有的語詞由於相對應的漢字在歷史上有不少語詞與之對應，容易造成表意的混淆。本文因此對「草根」、「絕招」、「熇」、「老子」作了初步探索。

一、草　根

　　「草根」是個極普通的語詞，只要略微瞭解一點漢語的人幾乎都懂得它的

意義。但是，近年來媒體上出現得越來越多的「草根」，未必每個人都能知道其含義，例如：

（1）本賽季已經開戰三周多了，有五支草根球隊大鬧革命，一下擠進了東西部的前八名。（《世界體育週報》2003 年 11 月 20 日）

（2）令人不解的是，在「草根」發言之後，基金經理們儘管把聲音分貝降低，但似乎並未對其結論進行任何反駁，是贊成「草根」的觀點，還是怕引火燒身，就不得而知了。（《南方日報》2003 年 11 月 24 日）

（3）可是我們知道，這種草根女孩的堅韌是與眾不同的，在承受著種種負面消息的時候，她卻依然自顧自地生長，似乎沒有什麼能影響她的。（《北京現代商報》2004 年 5 月 27 日）

以上語句中的「草根」，不能習慣性地理解為「草本植物的根」，而應當理解為「基層的」、「地位低的」、「普通的」等意義。第（1）例的「草根」指名不見經傳的基層球隊；第（2）例指地位低的經濟工作者；第（3）例指社會底層的普通女孩。這些意義雖然已脫離「草根」本來的含義，但與本義卻有一定的邏輯聯繫或形象比喻關係。由於草植根於土地，如果把土地看作人成長的根本，那麼平民出身而有所成就的人也可稱為草根，《燕趙都市報》記者陳彥慧寫了篇介紹平民藝術家馬三立的文章，題目就是《草根馬三立》。所以，根據草根的形象和性質特徵，可以在具體的語句環境中產生多種引申義或比喻義，下面略舉數例：

（4）不少經濟學家常把浙江現象比喻為「草根」經濟、老百姓經濟，「一有土壤就發芽，一有陽光就燦爛」。（《人民政協報》2003 年 8 月 9 日）

（5）邊緣人、弱勢群體，最近被冠以法國大革命的詞——「草根階層」。邊緣人，以前社會學單指民工，從生活形態上看，他們既不屬農民，又不屬工人，既不屬鄉村，又不屬城市，無錢無權無勢無地位。（《時代潮》2002 年第二期）

（6）我們不能因為金融有風險就把民間金融一棍子打死，就堵塞中小企業民間融資的渠道，對於屢禁不止的「草根金融」，真正可行的選擇是疏導和管理，而不是簡單地「堵」。（《合肥晚報》2003 年 11 月 6 日）

（7）草根有著頑強的特質。草根的生命力極其旺盛。一旦扎根，草根就可以茁壯成長。草根就是最本土的力量。（《錢江晚報》2004 年 1 月 7 日）

（8）草根，顧名思義，就是生長在最底層也是最重要的部分。在國家經濟中，草根經濟通常是指中小企業與農村經濟，草根金融也就是配合草根經濟發展的金融制度和金融結構。（《財經論壇》2003 年 7 月 10 日）

這些例句中的「草根」，其意義依次是：「老百姓」、「弱勢群體」、「民間」、「本土力量」、「底層部分」。「草根」在實際運用中遠不止上述幾種意義，只要看看由它所構成的常用短語之豐富，就足可以瞭解其意義在不同語境中是怎樣地繽紛多彩：「草根化」「草根派」「草根層」「草根族」「草根性」「草根時代」「草根階層」「草根氣質」「草根創意」「草根運動」「草根文化」「草根藝術」「草根形象」「草根情結」「草根風味」「草根物語」「草根計劃」「草根菩提」「草根課程」「草根模式」「草根信息」「草根明星」「草根偶像」「草根年華」「草根群體」「草根乞丐」「草根禮物」……據筆者統計，這樣的媒體常用短語有 76 個。「草根」在這些短語中的含義不論如何變化，都與它的本義存在一定的聯繫，而且基本上都是以本義為出發點加以引申或比喻形成新的意義。它的生命力不僅體現於構造短語的能力強，而且表現於句法功能的多樣，即不但經常作名詞和形容詞，而且可以作動詞：

（9）如果女同志的理論規範能夠透過討論而慢慢形成，那很好呀，很草根。（《女同志愛的自由式：2.朝向 TP 美學》2001 年 11 月 10 日《百度快照》）

這句話裏的「草根」，就是一個標準的富有表現力的動詞。奇怪的是，這樣一個不起眼的極普通的語詞，為什麼近年來意義範圍不斷擴大，使用頻率不斷提高呢？這首先是因為當前社會大環境的進步與開放，其次與外來語言的影響有直接關係。當英語語詞與漢語對譯發生困難時，有的譯者就挑選了「草根」這個漢語中富有比喻和引申潛力的語詞：

（10）「Grassroots」這個英文詞，有 bottom-up（自下而上）的意思，向來中文譯義是「基層，基層群眾」。最近才覺察到，新一代喜歡稱之為「草根」。……「草根」與「基層」相比，平和多了。在今天講從草根做起，給人一種做實事的印象，不會引人查驗你腦後有無反骨。（《旅美隨筆：Grassroots：從基層到草根》Posted by Shawn at 2004 年 6 月 7 日）

可見，「草根」獲得「基層」這一意義，直接受到英語的影響。於是，有人就因此而認為「草根」是外來詞：

（11）草根，外來語，是對民間大眾的一種形象表達。（《網絡世界》2002

年 12 月 30 日第 51 期）

（12）「草根」，外來語。國外這樣稱一些民間組織，因為它們像草一樣遍布土壤表面，遍布各個角落，推進公益事業，故稱為「草根」。（www.dlfu.edu.cn 2004 年 5 月 12 日《百度快照》）

互聯教育體系——博錄（CES Blog）2003 年 6 月 22 日所載《對草根（Grassroots）的理解》一文引用韓玉芬女士的考證材料來證明「草根」是外來詞。韓女士認為：中文「草根文化」中的「草根」直譯自英文的「grassroots」。在英文文獻中，當需要表示和主流相對的組織或活動時，人們常常會用「grassroots」來表示。人們在用到「草根」這個詞時，所採用的也往往是「grassroots」中原有的含義。韓女士在引用七部詞典對「草根」的詮釋之後，說：「由此我們知道，所謂的『草根』有兩層含義：一是指和政府或者決策者相對的勢力；這層含義和意識形態聯繫緊密一些。我們平常說到的一些民間組織，非政府組織等等一般都可以看作是『草根階層』。有學者就把非政府組織（也稱為非官方組織，即 N.G.O）稱作草根性人民組織。另一種含義我認為是和主流的或者說是精英的文化、階層相對應弱勢階層活動力量。比如一些不太受到重視的民間、小市民的文化、習俗或活動等等。」傳統漢語裏的「草根」確實沒有「民間組織」、「民間文化」這兩種含義，由於英漢對譯使它獲得了新的意義，因而義項增多，意義範圍擴大，但這並不等於「草根」就是外來詞，因為歸根結蒂，「草根」這個詞並非由英語進入漢語，而是漢語本身所固有的。

最早記載「草根」一詞的古代文獻是《列子》。《列子‧周穆王》載：「東極之北隅有國，曰阜落之國。其土氣常燠，日月餘光之照其土，不生嘉苗。其民食草根木實，不知火食。」我國最早的詞典也有所記載，《爾雅‧釋草》「荄，根」條下晉代學者郭璞注：「別二名。俗呼韭根為荄。」宋代學者邢昺疏：「凡草根一名荄。」「草根」一詞還出現在古代詩歌裏，南朝梁代沈約《宿東園》詩：「樹頂鳴風飆，草根積霜露」；唐代杜甫《促織》詩：「草根吟不穩，床下夜相親。」史書裏也不乏記載，如《金史‧食貨志》：「山東行省僕敬安貞言，泗州被災，道殣相望，所食者，草根木皮而已。」不過，以上古代文獻裏的「草根」用的都是本義。中國改革開放以來，由於社會發展步伐加快，中外語言之間相互借鑒，漢語語詞吸收了英語的有益成分，使得現代漢語裏的「草根」借

助引申和比喻的手段，由本義產生了許多豐富多彩的意義，這是語言文化交流的積極成果，借用「中西合璧」這個成語來表述是再恰當不過的了。

二、絕　招

「絕招」是人們口頭上以及現代武俠小說中極為流行的一個常用詞。《辭海》（1979 年版）沒有收這個詞，但《現代漢語詞典》（2002 年修訂第 3 版增補本）第 691 頁則予收錄。照抄如下：

　　【絕招】juézhāo（～兒）①絕技。②一般人想像不到的手段、

計策。‖也作絕著。

　　【絕著】juézhāo（～兒）同「絕招」。

詞典的編者把「絕招」和「絕著」分列為兩個條目，「絕招」排在「絕著」之前，表明：1. 編者認為「絕招」與「絕著」是等義詞，只是寫法不同而已；2.「絕招」是用得較廣的寫法。「絕招」與「絕著」的使用範圍孰廣孰狹，「百度」的搜索結果 7390000 與 6750 證明編者的處理是合乎語言事實的。至於「絕招」與「絕著」是否等義，則是需要探討的問題。

　　「招」與「著」意義的異同，是「絕招」與「絕著」詞義辨析的關鍵。《現代漢語詞典》（以下簡稱《現漢》）第 1588 頁招 1 列七個義項：①舉手上下揮動；②用廣告或通知的方式使人來；③引來（不好的事物）；④惹②；⑤惹③；⑥〈方〉傳染；⑦姓。招 2 一個義項：承認罪行。招 3 一個義項：同「著」①②。《辭海》「招」字條共列六個義項，其中第④義項：拳術的動作。如：使了一招兒。引申為手段。如耍花招兒。此義項《現漢》不載，而「招」的這一意義正是「絕招」一詞意義的來源。中國武術的動作，稱為「招數」；雙方比武交手，稱為「過招」。「絕招」意即「高超的武術動作」。因此，這個詞最初只是一個武術專用的術語。《現漢》把它解釋為「絕技」，義域已經不限於武術，再把它解釋為「手段」、「計策」，離它的本義更遠了。《現漢》第 1589 頁「著」字條下列四個義項，其中第一個義項：下棋時下一子或走一步叫一著，這個意義就是「絕著」一詞中「著」的含義。非同一般的著數，稱為「高著」，出其不意的著數，稱為「神著」，超群獨到的著數，稱為「絕著」。因此，「絕著」最初是圍棋專用的術語，其意義與「絕招」畦畛判然，絕不相混。作為專用的術語，武術的「絕招」不能寫為「絕著」，棋術的「絕著」也不能寫為「絕招」。

同理，「一招半勢」的「招」不能寫為「著」，「一著不慎，滿盤皆輸」的「著」也不能寫為「招」。從這一點看，兩詞不宜並為一個條目，庶免引起誤會。

詞義在應用中逐步擴大範圍，從而超越專業的侷限，變為全民通用的一般語義。《漢語大詞典》列舉的材料表明了這種情況。第836頁：

> 絕招　①猶絕技。峻青《秋色賦・張玉生》：「我怎麼沒有想到，這個老頭子還有這麼一手絕招兒。」②指一般人想不到的方法、計策。馬烽《三年早知道》：「後來打到第五眼井缺磚，窯上又燒不出來，大家都發愁的不行，他又出了個絕招。」

第839頁：

> 絕著　一般人想像不到的計策、手段。《天雨花》第十五回：「他必無計挽回，方用此等絕著。」王願堅《黨費》：「敵人看看整不了我們，使出了一個叫做『移民併村』的絕著。」

上列材料「絕招」的第②義項與「絕著」同義，《天雨花》和《黨費》裏的「絕著」完全可以寫為「絕招」而不會引起歧解。由於這兩個詞義域的擴大，已不再侷限於指棋藝或武藝，它們與「絕技」、「絕藝」、「絕活」成為一組近義詞，都有「高超獨到的技藝」之意。而「絕藝」多出現於書面辭章，「絕活」多用於口語，「絕技」則書面和口頭都常用。「百度」搜索的結果分別為 308000、1600000 和 5060000。「絕藝」的運用範圍有限，出現頻率最低；「絕技」的運用範圍最廣，出現頻率最高。

在意義範疇上，「絕藝」多指高超的智慧型才能，如書法、繪畫、圍棋、音樂等。《二刻拍案驚奇》卷二：「自古書畫琴棋，謂之文房四藝。」杜牧《樊川集》二《重送國棋王逢》詩：「絕藝如君天下少，閒人似我世間無。」羅隱《甲乙集》九《送霅光大師》詩「聖主賜衣憐絕藝，侍臣摛藻許高縱。」題注：「師以草書應制。」這兩例的「絕藝」，即指棋藝和書藝。在這個意義上，很少寫為「絕技」，不會寫成現代口語的「絕活」。「絕技」多指高超的技術型才能，如箭術、武術、醫術、工藝技巧等。《漢書》一〇〇上《敘傳・答賓戲》：「逢蒙絕技於弧矢，班輸權巧於斧斤。」潘岳《射雉賦》：「搩懸刀，騁絕技。」《後漢書》八二下《方術傳》：「（華）陀之絕技，皆此類也。」這三例的「絕技」即指箭術和醫術。《聊齋誌異・老饕》：「邢怒，出其絕技，一矢剛發，後矢繼至。」此「絕技」指高超的連珠箭本領，一般不以「絕藝」代換。現代口

語的「絕活」，也多指技術型才能。如 1987 年 11 月 20 日《中國青年報》載：「第六屆全運會乒乓球決戰進入最後一天，爭奪之激烈令觀眾目不暇接……滕毅雖不時施出『絕活』，但都被萬國輝一一化解。」這裡的「絕活」完全可以用「絕技」、「絕招」或「絕著」代換，卻不宜以「絕藝」取代。

這樣看來，「絕招」、「絕著」、「絕藝」、「絕技」、「絕活」這一組近義詞的意義分布各有側重。「絕招」以武術為基本立腳點；「絕著」以棋藝為本原；「絕藝」以智慧型才能為核心；「絕技」、「絕活」則以技術型才能為基石。「絕藝」有較強的書面應用功能，「絕活」則具有更多的口語屬性。「絕技」、「絕招」和「絕著」在書面和口頭上都有較強的生命力，在不強調它們的本來意義的言語環境中，往往可以互換使用，但不應把「絕招」和「絕著」視為同一個詞的不同寫法。

三、熇

香港語文學會的姚德懷先生據《漢語大詞典》對「熇」的釋義，曾在《詞庫建設》提出「烤麩」似應寫成「熇麩」，許多江南食譜「烤」字似都應改用「熇」。從語源研究角度看，這一主張是合理的。不過，真要實行起來，也難免顧此失彼，因為老百姓多半依社會習慣決定詞語的用字。

就「熇」字而言，它在歷史上是表示多個不同詞語意義的符號：

1.《玉篇·火部》：「燥，口老切，燥也。」《龍龕手鏡·火部》：「燥，苦老反，火乾也。」《集韻》皓韻：「燥，熇，燥也。或省。」顯見「熇」是「燥」的簡體。

2.《玉篇·火部》：「㶱，乾也，暴也，熱也。」《龍龕手鏡·火部》：「㶱，乾也，又熱也。」而《集韻》爻韻：「㶱，熇，暴也。或從高。」可見「熇」是「㶱」的異體。

3.《玉篇·火部》：「烤，苦告切，旱氣也。」《龍龕手鏡·火部》：「烤，苦沃反，熱氣也。又音皓，旱氣也。」《集韻》宵韻：「熇、熻，炎氣也。或從喬。」號韻：「熇、烤，焅也。或從告。」「熇」是「烤」、「熻」的異體。

4.《玉篇·火部》：「熇，許酷切，熾也，燒也。」《龍龕手鏡·火部》：「熇」俗作「熇」：「呼木、呼各二反。熱貌也。」《集韻》屋韻：「熇，《說文》『火熱也。』呼木切。」沃韻：「熇，《說文》：『火熱也。』呼酷切。」「熇」又是「熇」

的異體。

「熇」作為「燥」的簡體，又作為「灲」、「焅」、「燆」、「爥」的異體，既表示「乾」、「暴」、「燥」義，又表示「旱氣」、「熱氣」、「炎氣」義，還表示「熾」、「熱」、「燒」等義，在書面上引起歧解的機會較多。

現代方言中的「烤」，凡表示以微火煮物使湯水減少的烹飪方法，理論上都應改「烤」為「熇」，事實上卻用「烤」不用「熇」，這是因為民間用字的基本原則是明晰簡便。因此，近現代形聲字聲符的替換，大抵循著兩條途徑：一是表音趨於明晰，二是字形趨於簡化。讀苦老反的「熇」，聲符「高」的聲母是不送氣清塞音[k]，不能準確反映「熇」的讀音。後起字「烤」換「高」為送氣音的「考」，準確標注了詞的讀音，這很可能是「烤」能夠淘汰「熇」而成為現代常用字的原因之一。現在如果重新用「熇」代「烤麩」之「烤」，實際推行起來恐怕效果不一定理想，書面上也易與歷史上所表示的多種詞義混淆不清。

抗戰時期西南方言裏產生了一個「搞」字，《現代漢語詞典》第 419 頁「搞」字條釋為：①做；幹；從事。②設法獲得；弄。③整治人，使吃苦頭。這些意義都是由「手動」義引申所致，其本字作「攪」。《廣韻》巧韻：「攪，手動。《說文》『亂也。』古巧切。」《龍龕手鏡‧手部》：「攪，古巧反，手攪動也。」但是由於語音的演變，現代漢語普通話裏，「攪」之聲符「覺」的聲母已由舌根不送氣清塞音[k]變為舌面音[tɕ]，與「攪」的古巧反讀音相差甚遠，且聲符筆劃繁多，書寫不便，用「搞」代「攪」則讀寫兩便，「攪」於是僅限於表示「攪拌」義和「擾亂」義。從理論上說，凡表示「做」、「幹」、「辦」、「弄」等義的「搞」，原則上都應寫為「攪」，但這樣一來，且不說與「攪拌」、「擾亂」義有相混之嫌，僅僅出於「搞」具有表音明晰，書寫簡便的長處，社會公眾就不見得都會接受恢複寫本字的意見。其實這個「搞」也不是新創字，《玉篇‧手部》已有「搞」字，音口告切，無釋義。《集韻》爻韻：「敲，丘交切，《說文》『橫擿也』，或作搉、搞。」可見「搞」在宋朝時是「敲」的異體字。這個異體字沒能取代「敲」而被社會淘汰，所以現代漢語裏的「搞」不可能引起誤解，誰也不會認為它與「敲」同義。

後起形聲字聲符表音明晰，書寫簡便的原則，也是中國政府施行漢字簡化的一個標準。《簡化漢字總表》（1986 年版）第一、第二兩表的 482 個簡化字

中，意符保持穩定，聲符趨簡的形聲字就有 81 個。其中聲符形體既簡便，又能反映語詞現代實際讀音的有 48 個：衬（襯）、础（礎）、担（擔）、胆（膽）、递（遞）、矾（礬）、赶（趕）、沟（溝）、沪（滬）、护（護）、极（極）、舰（艦）、胶（膠）、剧（劇）、惧（懼）、粮（糧）、邻（鄰）、酿（釀）、苹（蘋）、扑（撲）、仆（僕）、朴（樸）、窍（竅）、牺（犧）、虾（蝦）、吓（嚇）、药（藥）、亿（億）、忆（憶）、痈（癰）、拥（擁）、佣（傭）、优（優）、园（園）、远（遠）、运（運）、酝（醞）、毡（氈）、战（戰）、症（癥）、肿（腫）、种（種）、桩（樁）、进（進）、迁（遷）、犹（猶）、补（補）、据（據）。如果這些簡化字不與歷史上的同形字發生表意上的干擾，那麼，形聲字聲符替換之後使表音趨於明晰，形體趨於簡便，可能有利於漢字體系的優化。

四、老 子

與國罵「他媽的」性質類似的「老子」，在文革期間十分流行，當時已成為「造反派」和「紅衛兵小將」的口頭禪。十多歲的年輕人動輒稱「老子」，對聽話者而言，是一種有辱人格的表現。流風所及，至今口語中的「老子」，仍是侮辱語，在南方尤其是西南方言中仍然如此。但是，在權威的工具書如《漢語大詞典》、《現代漢語詞典》中卻未有體現，這就難免引起誤解。

《現代漢語詞典》1996 年修訂版對「老子」的解釋是：「①父親。②驕傲的人自稱（一般人只用於氣忿或開玩笑的場合）：～就是不怕，他還能吃了我！」「驕傲的人」當然不論年齡大小，不過，《現代漢語詞典》所謂「一般人只用於氣忿或開玩笑的場合」並沒有明確指出「老子」在口語中存在的侮辱性用法。姑且不論文革期間的「造反派」和「紅衛兵小將」並不認為自己破「四舊」、鬥「走資派」是開玩笑，就是現代口語中出現的「老子」，也並非只用於氣忿或開玩笑的場合。這種對聽話者帶有侮辱性的不禮貌自稱，實質上是一種語言的變異現象，這種語言變異至今流行，是因為它具有一定的方言基礎和歷史來源。

在西南方言中，當著自己父親的面，不會稱父親為「老子」，「老子」只用於父親的背稱。如果有人面對其他人自稱「老子」，那就不是什麼氣忿或開玩笑，而是對聽話者的辱罵。《漢語大詞典》「老子」條第④義項是「自高自大的人自稱」，其運用場合與《現代漢語詞典》相同，但所舉三條書證中引自四川

籍作家巴金、沙汀的作品就佔了兩條。所舉例句是:「你敢動一下,老子不把你打成肉醬不姓趙!」「老子這張嘴麼,就是這樣,說是要說的,吃也是要吃的。」在四川人聽來,這完全是道地罵人的話。假如聽話者不加克制,糾紛勢所難免。如果詞典指明是詈語,且注明是方言用法,那麼,在閱讀文學作品時就不會產生誤解。「老子」在西南方言中除作為父親的背稱外,還可在前面加上形容詞或序數詞構成親屬稱謂詞,如「大老子」、「二老子」、「三老子」、「幺老子」,這些詞都用來指稱父親的姊妹,而且背稱、面稱均可。西南方言不僅用「老子」,而且能用「爹爹」(音 dādā)或「爹」(音 dā)指稱姑媽。排行最長的姑媽稱「大老子」或「大爹爹」,排行最末的姑媽稱「幺老子」或「幺爹」。「二爹爹」、「二爹」,「三爹爹」、「三爹」與「二老子」、「三老子」同義。這是西南官話方言中很有特色的親屬稱謂詞語。由於西南方言中「老子」和用「老子」構成的稱謂詞都用來指稱父親和父輩親屬,因而在社會交際中用「老子」作為第一人稱代詞,就意味著以父輩的身份凌駕於聽話者之上,更嚴重的是,還對聽話者的母親構成了人格侮辱。這樣,「老子」一方面與「兒子」構成相對的親屬稱謂語,另一方面又與「龜兒」構成相對的詈語。這種罵人的粗話如果不在詞典中予以說明,一律被誤會為氣忿或開玩笑,必定造成語句意義的曲解。

其實,「老子」最初並不是「父親」的同義詞,更不是罵人的話。先秦諸子典籍中出現的「老子」,是專指道家學派創始人李耳(一說指太史儋)的特稱詞,而作為泛稱詞運用的最早例子則出現於晉代文獻。《三國志·吳志·甘寧傳》裴松之注引晉虞溥《江表傳》:「[寧]因夜見權,權喜曰:『足以驚駭老子否?』」這句話裏的「老子」,即是「老年人」的泛稱詞,孫權借用來指曹操。到南北朝時期,「老子」被用作老年人的自稱之詞,如南朝宋范曄所撰《後漢書·逸民傳·韓康》:「康曰:『此自老子與之,亭長何罪?』」此句的「老子」乃韓康自稱。劉義慶《世說新語·容止》:「俄而率左右十許人步來,諸賢欲起避之,公徐云:『諸君少住,老子於此處興復不淺。』」此句的「老子」為庾亮自稱,與「老夫」是同義詞。「老子」作為「父親」的同義詞,始見於南朝梁沈約所撰《宋書·孝義傳·潘琮》:「兒年少,自能走,今為老子不走去。」陸游《老學庵筆記》卷一載:「予在南鄭,見西陲俚俗謂父曰老子。雖年十七八,有子·亦稱老子。」可見「老子」的「父親」義來自宋代民間俗語。而宋代文

學作品裏所用的「老子」，大多仍是老年人的自稱之詞，如辛棄疾《水調歌頭》：
「老子興不淺，歌舞莫教閒。」陸游《夜泊水村》：「老子猶堪絕大漠，諸君何
至泣新亭？」元代以降，「父親」義的「老子」也出現在文學作品之中。如關
漢卿《竇娥冤》第二折：「〔竇娥〕合毒藥下在羊肚湯兒裏，藥死了俺的老子。」
《金瓶梅》第一百回：「周仁悉把東莊上叫了二爺周宣來宅，同小的老子周忠
看守宅舍。」《紅樓夢》第四十五回：「只知道享福，也不知道你爺爺和你老子
受的那苦惱。」魯迅《彷徨・在酒樓上》：「他們的老子要他們讀這些；我是別
人，無乎不可的。」這些語句裏的「老子」，都是父親的背稱或旁稱。

　　「老子」作為驕傲的人的自稱僅限於男性，這一用法是比較晚近的。洪深
《香稻米》第三幕：「老子辦正事，你這不點兒大的小東西，也要來打岔。」鄧
友梅《追趕隊伍的女兵們》：「敵連長拿著槍筒子把那張紙一撥弄：『軍事時期，
把驢子先讓老子騎騎！』」革命現代京劇《沙家浜》胡傳魁的唱詞「老子的隊伍
才開張」。這些語句裏的「老子」，都是驕傲自大的男子自稱之詞，與西南方言
裏的「老子」有不同的內涵。但罵人的粗話「老子」應是驕傲自大的男子自稱
的惡性發展，它並不一定用於氣忿的場合，更不是開玩笑，而是對人的侮辱之
詞。

注　釋

　　「絕活」一詞見《漢語大詞典》，而《辭海》、《現代漢語詞典》均未收錄。該詞
的中心詞素「活」作何解，《現代漢語詞典》「活 2」的兩個義項可供參考：①工作
（一般指體力勞動的，屬工農業生產或修理服務性質的）。②產品；製成品。據此，
「絕活」一詞既可指高超獨到的技巧，又可指水平高超的技術產品。

參考文獻

1. 《二十二子》之《列子》，臺灣：先知出版社，1976 年 9 月版。
2. 張元濟等輯，《四部叢刊初編》之《爾雅》，上海商務印書館縮印宋刊本。
3. 盛偉編，《蒲松齡全集》（第一集），學林出版社，1998 年 12 月版。

　　　　　　　　原載馬來亞大學中文系，2008 年 12 月《學術論文集》第八輯。

《芙蓉女兒誄》的文化意蘊

摘要

　　本文在對文本語句意義作切合語境分析的基礎上，進一步發明文本潛在的文化意蘊，從而對這篇誄文在整部作品中的地位和作用做出恰如其分的評價。

關鍵詞：芙蓉；誄；文化意蘊

　　《芙蓉女兒誄》是用文言撰寫的悼念文章，也是《紅樓夢》裏篇幅最長的古文傑作。有的研究者認為「這篇《芙蓉女兒誄》已超出了兒女之情……表現了對當時黑暗政治的極端不滿。打破了階級地位的差異，肯定了他與寧死不屈的女婢之間的同等的地位關係〔註1〕」等等，這代表了相當一部分人的看法。這種看法不僅關乎誄文思想意義的定位，而且直接涉及人物性格塑造與人物思想導向，對研究後半部作品的創作構思與情節結構，具有重要參考價值。筆者認為應當在對文本語句意義作切合語境分析的基礎上，進一步發明文本潛在的文化意蘊，才可能對這篇誄文在整部作品中的地位和作用做出恰如其分的評價。本文對《芙蓉女兒誄》文化意蘊的抉發，包括如下四個方面：一、關鍵詞文化意蘊；二、人生文化意蘊；三、愛情文化意蘊；四、道德文化意蘊。

〔註1〕王士超注釋，李永田整理，《紅樓夢詩詞鑒賞》，北京：北京出版社，2004 年 1 月版，第 205、206 頁。

一、關鍵詞文化意蘊

「誄」是中國古代敘述死者生平，表示哀悼的文體。《周禮·春官·大祝》東漢鄭玄注：「誄，謂積累生時德行以錫之，命主為其辭也。《春秋傳》曰：『孔子卒，哀公誄之』」。《禮記·曾子問》：「賤不誄貴，幼不誄長，禮也。」按傳統的封建禮法，「誄」是上對下寫的祭文。賈寶玉祭奠晴雯，不用「弔」、「悼」、「哭」，偏偏選中了「誄」，絕非偶然。如果選用等級觀念模糊不清的詞語，必然淡化寶玉與晴雯事實上的階級地位差別，而一個「誄」字，就恰如其分地點明了祭者與被祭者之間的上下、尊卑、主奴關係。

主子著文悼念奴才，確實是屈尊降格的非常之舉，在賈府，在當時的封建大家族中，恐怕也是絕無僅有的出格行為。看看王夫人對晴雯的態度，可知寶玉於晴雯的喪事雖未出半分力，但到底有這樣一篇申討鳩鴆，指斥悍婦的檄文，不可謂無反抗精神。洪秋蕃評曰：「夫『諑謠諑詬』既出屏帷，則『悍婦』、『詖奴』自在本院。在本院者，非襲人而何。」〔註2〕寶玉文有隱衷，秋蕃評失公允，不妨聽聽第七十八回王夫人對賈母講的話：「寶玉屋裏有個晴雯，那個丫頭也大了，而且一年之間，病不離身；我常見他比別人分外淘氣，也懶；前日又病倒了十幾天，叫大夫瞧，說是女兒癆，所以我就趕著叫他下去了。若養好了，也不用叫他進來，就賞他家配人去也罷了。」又說：「我留心看了去，他色色比人強，只是不大沉重。知大體，莫若襲人第一。」明知晴雯色色比人強，卻強加上「淘氣」和「懶」的罪名將其掃地出門，所謂「不大沉重」，顯是「不會諂媚」的隱語。則晴雯所受的諑謠諑詬，豈僅襲人而已！

洪評雖失公允，卻未違寶玉本意。寶玉的申討，也僅限於襲人、王善寶家的、周瑞家的之流，「悍婦」、「詖奴」是絕不會，也絕不敢包括其母王夫人的。試看誄文「昨承嚴命，既趨車而遠陟芳園，今犯慈威，復杖而遣拋孤柩」，連去看一看晴雯的棺材，也如此小心翼翼，生怕觸怒母親，要求此時的寶玉去反對封建家長專制，打破「階級地位的差異」，甚而至於引申到「對當時黑暗政治的極端不滿」，可能嗎？

選用「誄」字作為題目名稱的關鍵詞，其文化意蘊暗示作者一方面具有清晰的上下、尊卑、主奴等級觀念，另一方面又對處於社會底層的晴雯懷有深切

〔註2〕馮其庸纂校訂定，《八家評批紅樓夢》，北京：文化藝術出版社，1991年9月版，第1943頁。

的眷戀與同情。這也就決定了誄文的思想主旨，它不是一面反對封建等級制度的旗幟，而是一曲呼喚人性，寄託理想的哀歌。

「芙蓉」是本題最為關鍵的詞。最初為蓮花（荷花）的別名。《離騷》：「製芰荷以為衣兮，集芙蓉以為裳。」東漢王逸注：「芙蓉，蓮華也。」「製」與「集」，「芰荷」與「芙蓉」，「衣」與「裳」，互文見義，「芰荷」與「芙蓉」同義對舉，可證王逸所注不誤。蓮花自古以來被崇為君子，被認為是潔身自好、不同流合污的高尚品德的象徵。宋代周敦頤的《愛蓮說》把蓮花的文化意蘊闡發得十分透徹：「出淤泥而不染，濯清漣而不妖，中通外直，不蔓不枝，香遠益清，亭亭淨植，可遠觀而不可褻玩焉。……蓮，花之君子者也。」這種文化觀念影響深遠。

木本芙蓉與水生芙蓉（蓮花）同名。木本芙蓉原產我國黃河流域及華東、華南各地，其花或白或粉或赤，皎若芙蓉出水，豔似菡萏展瓣，故有「芙蓉花」之稱。又因其是生於陸地的木本植物，為與水生芙蓉相區別，故又名「木芙蓉」。木芙蓉花霜侵露凌卻丰姿豔麗，占盡深秋風情，因而又名「拒霜花」。

古來以芙蓉之美比喻女子的美貌，然而傳統文化觀念認為，美的事物，難以持久，且隱藏著災難與憂傷。李白《妾薄命》有句云：「昔日芙蓉花，今成斷根草。」白居易《長恨歌》：「芙蓉如面柳如眉，對此如何不淚垂。」這與第五回「又副冊判詞之一」的內容合若符節：「霽月難逢，彩雲易散……壽夭多因誹謗生，多情公子空牽念」。風雪止雲霧散曰「霽」，「霽」與「晴」同義。云之文采曰「雯」。「彩雲易散」與誄文之「仙雲既散」呼應，「誹謗」與誄文之「諑謠譏訴」共旨，可見「晴雯」與「芙蓉」的文化意蘊毫無二致。晴雯之美，絕非同儕可比，芙蓉云云，雖是小丫環胡謅，然而寶玉以晴雯為芙蓉花神，可不是率意妄為，而是憤懣之發，誠敬之禮。第七十八回的這段話，便是作《芙蓉女兒誄》的動機：

> 獨有寶玉一心悽楚，回至園中，猛見池上芙蓉，想起小丫環說晴雯做了芙蓉之神，不覺又喜歡起來，乃看著芙蓉，嗟歎了一會。忽又想起：「死後並未至靈前一祭，如今何不在芙蓉前一祭，豈不盡了禮？」想畢，便欲行禮。忽又止道：「雖如此，亦不可太草率了，須得衣冠整齊，奠儀周備，方為誠敬。」想了一想：「古人云：『潢污行潦，蘋藻蘋蘩之賤，可以羞王公，薦鬼神。』原不在物之貴賤，

全在心之誠敬而已。然非自作一篇誄文,這一段淒慘酸楚,竟無處可以發洩了。」

從這段文字完全看不出所謂不滿黑暗政治、打破階級地位差異的叛逆精神。《禮記·曾子問》鄭玄注:「誄,累也。累列生時行跡,讀之以作諡。諡當由尊者成。」原來「芙蓉女兒」是「尊者」寶玉賜予晴雯的諡號,則「他與寧死不屈的女婢之間的同等的地位關係」又從何談起?

以「芙蓉」為諡包涵兩種文化意蘊:一是褒揚君子高標;二是哀憐女兒命薄。觸動寶玉的是夏榮秋謝的「池上芙蓉」,所誄卻是「撫司秋豔」的陸上芙蓉,然則「撫司秋豔」的芙蓉雖明為晴雯,而實非黛玉莫屬。有第六十三回這段文字為證:

> 黛玉默默的想道:「不知還有什麼好的被我掣著方好。」一面伸手取了一根,只見上面畫著一支芙蓉花,題著「風露清愁」四字,那面一句舊詩,道是:莫怨東風當自嗟。云:「自飲一杯,牡丹陪飲一杯。」眾人笑說:「這個好極。除了他,別人不配做芙蓉。」

歷來認為襲人乃寶釵之投影,晴雯乃黛玉之小照。寶玉祭罷晴雯,一個人從芙蓉花裏走出來,正是黛玉。第七十九回改「紅綃帳裏,公子情深;黃土隴中,女兒命薄」為「茜紗窗下,我本無緣;黃土隴中,卿何薄命」,預示木石情緣必然走向悲劇結局。這一悲劇與風標高潔的「芙蓉」本就兼有災難與憂傷的文化意蘊相一致。因此,晴雯的歸宿正是黛玉的寫照。

二、人生文化意蘊

誄序開篇便是:「竊思女兒自臨人世,迄今凡十有六載」,乾隆庚辰秋脂硯齋四閱評本(下文簡稱「脂評」)批曰:「方十六歲而夭,亦傷矣。」接下來「其先之鄉籍姓氏,湮淪而莫能考者久矣」,脂評曰:「忽又有此文不可後來,亦可傷矣。」繼之「相與共處者,僅五年八月有奇」,脂評曰:「相共不足六載,一旦夭別,豈不可傷。」[註3]一連三個「傷」字,點出了誄文作者對人生的基本觀念與叩問:

1. 十有六載,潛臺詞是:人生短暫;

〔註3〕俞平伯輯,《脂硯齋紅樓夢輯評》,北京:中華書局,1960 年 2 月新 1 版,第 521 頁。

2. 祖先莫考，潛臺詞是：人自何來？

3. 共處匆匆，潛臺詞是：人往何去？

人生短暫的感歎，不只是誄文的基本觀念，而且是從第一回貫穿到第七十八回的思想脈絡。《好了歌》「終朝只恨聚無多，及到多時眼閉了」，用《好了歌注解》來說，就是「正歎他人命不長，那知自己歸來喪」。第五回《虛花悟》發問「春榮秋謝花折磨。似這般，生關死劫誰能躲？」《晚韶華》更慨歎「那美韶華去之何迅」！這樣的慨歎因晴雯的早逝而令人倍感迷茫：「洲迷聚窟，何來卻死之香？海失靈槎，不獲回生之藥。」

誄文對人生短暫的感歎，通過林黛玉的作品表現得更為哀傷，更為痛切。第二十七回《葬花吟》：「桃李明年能再發，明年閨中知有誰？……明年花發雖可啄，卻不道人去梁空巢已傾。」花，尤其是桃花，它的形象特徵一是豔麗，二是輕薄。文化意蘊就是紅顏薄命。《葬花吟》不是吟花，而是借花吟人，吟人生之短暫一瞬即逝，尚不如花之年年可發。第七十回《桃花行》：「憔悴花遮憔悴人，花飛人倦易黃昏。一聲杜宇春歸盡，寂寞簾櫳空月痕。」人生一世，草木一春。「春歸盡」不過是無奈的歎息，與誄文「桐階月暗，芳魂與倩影同消；蓉帳香殘，嬌喘共細腰俱絕」同聲共氣。第八回《嘲頑石幻相詩》「白骨如山忘姓氏，無非公子與紅妝」，與誄文「豈道紅綃帳裏，公子情深；始信黃土隴中，女兒命薄」前後呼應，誰也擋不住生命的流逝。

「人自何來」是小說關注的重點，第五回《警幻仙姑賦》發問：「生於孰地？降自何方？」寶玉是頑石歷劫，黛玉是絳珠轉生，來於自然，歸於自然，無須深問。不過，生死事大，這一直是中外作家不斷叩問並企圖解答的哲學課題。但丁的《神曲》，描繪了幸福的天堂和恐怖的地獄，給出了形象的解答，目的是懲惡揚善；《紅樓夢》則不同，它給出的卻是虛幻，目的是警策。小說第一回太虛幻景對聯：「假作真時真亦假，無為有處有還無」，既是洞察世事的鏡子，更是評價人生的箴言。從這個角度看，小說取名「紅樓夢」比「石頭記」更切合作者的人生觀。正因為人生如夢，小說力圖突破夢境尋求新的答案，第五回「《紅樓夢》曲」《引子》說：「奈何天，傷懷日，寂寥時，試遣愚衷。因此上，演出這悲金悼玉的『紅樓夢』。」既然一切都是虛幻，為什麼還一連用上「傷」、「悲」、「悼」這樣哀痛的字眼兒？《芙蓉女兒誄》以晴雯之死為契機，把《引子》的思想導向推到極致，以極其感人的藝術佳構，為晴雯、

黛玉那樣才華橫溢、美麗善良的女性所遭受的不幸，發出了激亢之音。脂評一連三個「傷」字，切中誄文肯綮，撕開了人生血淋淋的現實。晴雯死後成為芙蓉花神，寄託了美好的理想，儘管這理想的微光遮掩不住血寫的悲傷。花神云云，不過是傷痛悲憤之極，歸於冥想的自慰之辭，原出於對殘酷現實的無奈。第五回「《紅樓夢》曲」的最後一曲《飛鳥各投林》只能給出一個宿命的答案：「欲知命短問前生」，然而無論前生還是後生，亦不過是今生的翻版。窮究到底，還是虛幻，「好一似食盡鳥投林，落了片白茫茫大地真乾淨」，這就是終極答案！然而人生之多艱，連屈原也為之掩涕歎息，其中哲理，豈是「虛幻」二字所能參透的！

「人往何去？」這也是其說紛紜，千古不決的難題。第一回《好了歌》指出人生的歸宿：「古今將相在何方？荒塚一堆草沒了」；第二十七回《葬花吟》進一步追問：「願儂此日生雙翼，隨花飛到天盡頭。天盡頭，何處有香丘？」答案是：「一朝春盡紅顏老，花落人亡兩不知！」這條思路延續到第七十回林黛玉的《唐多令》「草木也知愁，韶華竟白頭。歎今生，誰捨誰收」，再一直貫穿到第七十八回對晴雯逝去的悵惘：「自蓄辛酸，誰憐夭折？仙雲既散，芳趾難尋」，最終還是陷入了不可知的「太虛幻境」。

但是寶玉對人生的虛幻心有不甘，他說：「我就料定他那樣的人必有一番事業。雖然超生苦海，從此再不能相見了，免不得傷感思念。」言下不但不以小丫頭的胡謅為無稽之談，而且至真至誠地為「生儔蘭蕙，死轄芙蓉」的晴雯尋找依據：「昔葉法善攝魂以撰碑，李長吉被詔而為記，事雖殊其理則一也。」在寶玉看來，晴雯活著與蘭蕙為伴，死後統轄芙蓉花，生死一體，死而猶生，死後甚至比活著更「有一番事業」。這不僅因為晴雯與黛玉都是才華橫溢卻備受摧殘的優秀女性，而且因為寶玉在她們身上寄託了美好的理想。追悼晴雯無異於讚誄黛玉，讚誄黛玉又無異於毀滅理想，理想破滅就等於否定了人生的價值，進而歸於虛幻。寶玉堅信晴雯為芙蓉花神，就是以美好的理想為武器，與殘酷的現實，與虛幻的觀念進行抗爭。儘管這種抗爭不可能改變晴雯、黛玉的命運，但透露了寶玉對現實的不滿與對人生虛幻的懷疑，然而這種不滿與懷疑，還上升不到反對封建剝削制度、打破階級地位差異的高度。

三、愛情文化意蘊

元好問《摸魚兒》:「問世間情是何物,直教生死相許?」如此執著的愛情,到頭來仍是「鶯兒燕子俱黃土」。這與誄文「豈道紅綃帳裏,公子情深;始信黃土隴中,女兒命薄」,都是對愛情的叩問。中國傳統文化推崇忠貞不渝的愛情,誄文「鏡分鸞影,愁開麝月之奩」,用范泰《鸞鳥詩序》所述鸞鳥睹懸鏡影而鳴,一奮而絕的典故,比喻寶玉失去晴雯的悲痛;「樓空鳷鵲,徒懸七夕之針」,以農曆七月初七夜,牛郎織女在銀河鵲橋相會的民間傳說,比擬寶玉與晴雯之愛受到的挫折;「及聞蕙棺被燹,頓違共穴之情;石槨成災,愧逮同灰之誚」,追溯《詩·王風·大車》「榖則異室,死則同穴」的古老傳統,又因未能兌現自己說過將來要和大觀園的女孩子們一同化為灰的話,深深自責。

誄文並未停止於對過去愛情的懷念,而是把世間凡人的愛情昇華為人神之愛。這種昇華既是寶玉對晴雯愛之至深的宣洩,更是寶玉內心渴望真愛的理想愛情觀的表現。即誄文吐露的肺腑之言:「在君之塵緣雖淺,然玉之鄙意尤深」!緬懷俗世情緣,繫於序文;謳頌人神之愛,寄於楚歌。屈原開創的楚辭以縱橫恣肆的意態,海闊天空的遐想,風標獨具的品格,浪漫不羈的手法,滿懷激情地抒發了對祖國、對人民的摯愛。楚辭的這種特色,非常適合寶玉用來表達對芙蓉女神的理想愛情。難怪姚燮評曰:「歌勝於文,直嗣楚響。」〔註4〕

「天何如是之蒼蒼兮,乘玉虯以游乎穹窿耶?地何如是之茫茫兮,駕瑤象以降乎泉壤耶?」這是超凡出世,上天入地,縱橫馳騁,無拘無束的人神之愛。那兒不再有鳩鴆蕹蕦,狂飆驟雨,也不再遭受諑謠謏詬,蠱蠆之讒。高貴的芙蓉女神「列羽葆而為前導」,「驅豐隆以為庇從」,似乎聽到車軌伊軋之聲,聞到蘅杜馥郁之香,可是若即若離,隱約朦朧,難睹真容:「瞻雲氣而凝睇兮,彷彿有所覘耶?俯波痕而屬耳兮,恍惚有所聞耶?」窮盡耳目心力去追求不受封建家長專制,不受門閥地位羈絆的愛情,在人世間固然辦不到,在世外仙境也難企及。雖「冀聯轡而攜歸」,倩風廉為之驅車,可是,在汗漫無際的虛空中,心中摯愛的女神在哪兒呢?寶玉悼祭晴雯,借誄文作歌,嚮往純潔自由愛情,傾吐心中情愫,表達理想追求,這只是誄文繼承楚辭傳統,表現寶玉愛情觀的一個方面。

〔註4〕馮其庸纂校訂定,《八家評批紅樓夢》,北京:文化藝術出版社,1991年9月版,第1934頁。

人神之戀一旦落到地上，浪漫的理想便須面對現實，正如誄文所說「雖臨於茲，余亦莫睹」。即使女神就在眼前，凡人也看不見，這理想愛情的結局也就不能不令人沮喪：「余乃歔欷悵怏，泣涕彷徨」。鴻雁在雲魚在水，惆悵此情難寄，寶玉嚮往的人神之戀最終是「鳥驚散而飛，魚唼喋以響」，這也「好一似食盡鳥投林，落了片白茫茫大地真乾淨」。

一面是對理想的謳歌，嚮往純潔自由，不受封建家長專制，不受門閥地位羈絆的愛情。另一面是等級觀念的流露：公子情深，原本是主子；女兒命薄，終究是丫頭。這兩種截然相反的愛情觀都表現在同一篇誄文之中。前者一向為人稱道，而後者卻習焉不察。「汝南淚血斑斑，灑向西風；梓澤餘衷默默，訴憑冷月」，淚血餘衷，盡痛盡哀，情不可謂不深，然而句中兩次用典，給人的感覺是：實在談不上自由平等。寶玉之於晴雯，居高臨下，主子垂愛；晴雯之於寶玉，克盡職守，覷顏承歡。謂予不信，先析「汝南」。典出南朝宋汝南王與其愛妾碧玉之事，唐杜佑《通典》曰：「汝南王寵愛碧玉，為碧玉做歌曰《碧玉歌》。」南朝宋郭茂倩《樂府詩集》卷四十五引《樂苑》曰：「《碧玉歌》者，宋汝南王所作也；碧玉，汝南妾名，以寵愛之甚，所以歌之。」原歌三首，其一云：「芙蓉陵霜榮，秋榮故尚好。」此處點出了芙蓉，與《芙蓉女兒誄》相意合。〔註5〕寶玉以汝南王自比，則晴雯類於媵妾，雖較生前地位略有提高，但主奴、尊卑、上下分明，階級秩序井然。次析「梓澤」，梓澤即晉代石崇之別墅金谷園。石崇有寵妾梁綠珠，美豔且善吹笛，石崇為解綠珠思鄉之情，建「金谷園」，築「百丈高樓」，可「極目南天」。趙王司馬倫親信孫秀垂涎綠珠美色，石崇不給。後石崇因參與反對趙王倫，金谷園被孫秀軍隊包圍。石崇見大勢已去，對綠珠說：「我因你獲罪，奈何？」綠珠流淚道：「妾當效死君前，不令賊人得逞！」遂墜樓而亡。誄文以綠珠喻晴雯，不但以主子自居，而且隱含為晴雯獲罪之意，「今犯慈威，復拄杖而遣拋孤柩」可以為證。這樣看來，《芙蓉女兒誄》蘊涵的愛情觀並非那麼單純，其中不乏歷史侷限。

四、道德文化意蘊

寶玉對壓抑人性的清規戒律的反叛，並不意味著對傳統道德文化的完全否

〔註5〕王士超注釋，李永田整理，《紅樓夢詩詞鑒賞》，北京：北京出版社，2004 年 1 月版，第 199 頁。

定。從誄文對晴雯人格個性的多角度描述，不難窺見其中蘊涵的道德文化觀。

略舉數句為例：

A. 其為質則金玉不足喻其貴，其為性則冰雪不足喻其潔。

　　姊娣悉慕媖嫻，嫗媼咸仰慧德。

B. 薋葹妒其臭，茞蘭竟被芟鉏！

　　既懷幽沉於不盡，復含罔屈於無窮。高標見嫉，閨闈恨比長沙；貞烈遭危，巾幗慘於雁塞。

C. 生儕蘭蕙，死轄芙蓉。

　　天何如是之蒼蒼兮，乘玉虯以游乎穹窿耶？

　　聽車軌而伊軋兮，御鸞鷖以征耶？聞馥郁而飄然兮，紉蘅杜以為佩耶？

「金玉」不足喻其品質的高貴；「冰雪」不足喻其心性的純潔，「媖嫻」、「慧德」人所仰慕。誄文如此讚語與王夫人對晴雯的評語姑且不論，但聽園裏幾個老婆子對王夫人趕走晴雯竟這麼說：「阿彌陀佛！今日天睜了眼，把這個禍害妖精退送了，大家清靜些。」姚燮評曰：「可知晴姑娘之結怨於人也深矣。」〔註6〕顯見與「嫗媼咸仰慧德」文意相捍格，寶玉焉有不知。第七十七回寶玉對襲人說：「只是晴雯也是和你們一樣，從小兒在老太太屋裏過來的，雖生得比人強，也沒什麼妨礙著誰的去處。就只是他的性情爽利，口角鋒芒，究竟也沒見他得罪了那一個。」寶玉眼裏晴雯的性情爽利，沒有媚骨，就是「高貴」、「純潔」、「媖嫻」、「慧德」。在王夫人看來，寶玉給晴雯的這些讚語，只有寶釵、襲人才配承受，至於「色色比人強」的晴雯卻是「禍害妖精」。王夫人「先只取中了他」，就是因為晴雯「色色比人強」，尤其長得絕美，這一點寶玉和母親沒有分歧，但後來長得絕美竟成了趕走晴雯的藉口。晴雯至死也被蒙在鼓裏，她對寶玉說：「只是一件，我死也不甘心：我雖生得比別人好些，並沒有私情勾引你，怎麼一口死咬定了我是個狐狸精！」第七十七回寶玉道：「我究竟不知晴雯犯了什麼迷天大罪！」襲人道：「太太是深知這樣美人似的人，心裏是不能安靜的，所以很嫌他」。這是襲人的鬼話。王夫人對賈母說：「他色色比人強，只是不大沉重。知大體，莫若襲人第一。雖說賢妻美妾，也要性情和順，舉止沉重的更好些。」王夫人的用人原則，一要賢美，二要性情

〔註6〕馮其庸纂校訂定，《八家評批紅樓夢》，北京：文化藝術出版社，1991年9月版，第1884頁。

和順，三要舉止沉重。寶玉與母親的分歧，主要是第三點。晴雯遭受迫害，也是因為她缺少襲人最擅長的第三點。至於封建家庭擇偶要求女方賢慧美貌，性情和順，寶玉並不反對。

對晴雯蒙冤受屈，寶玉憤懣之情溢於言表。誄文以「薋菉」喻妒嫉者，以賈誼、王嬙喻晴雯，怒斥宵小，肯定晴雯獨立的人格精神。三國時期魏國人李康的《命運論》有一段名言：「夫忠直之迕於主，獨立之負於俗，理勢然也。故木秀於林，風必摧之；堆出於岸，流必湍之；行高於人，眾必非之。前鑒不遠，覆車繼軌。然而志士仁人，猶蹈之而弗悔」。這難能可貴的獨立的人格精神，是中國文化的優良傳統。晴雯「獨立之負於俗」，猶賈誼之才高於人，遭群臣忌恨；又如王嬙之不事賄賂，被畫工醜化。志士仁人雖歷經磨難，遭受摧折，仍堅持獨立人格，蹈之而弗悔。誄文歌頌晴雯的高標貞烈，就是提倡中國文化傳統裏尊重獨立人格的精神。

誄文繼承了楚辭的**傳統**，用鷹鷥、芙蓉（蓮）、蘭蕙、蘅杜、鸞鷖等香草祥鳥來譬喻晴雯高尚的人格與優秀的品德。屈原的《離騷》說「鷙鳥之不群兮，自前世而固然。何方圜之能周兮，夫孰異道而相安？屈心而抑志兮，忍尤而攘詬。伏清白以死直兮，固前聖之所厚。」晴雯如鷹鷥卓立不群，遭鳩鴆誹謗，忍尤攘詬，清白以死，心氣之高，不輸屈子。「製芰荷以為衣兮，集芙蓉以為裳」，「既滋蘭之九畹兮，又樹蕙之百畝。畦留夷與揭車兮，雜杜衡與芳芷」，屈原以芙蓉為衣裳，與芳草香花為伴；晴雯則「生儕蘭蕙，死轄芙蓉」，為芙蓉花神。屈原「駟玉虯以椉鷖」，「鸞皇為先戒」，晴雯則「乘玉虯以游乎穹窿」，「御鸞鷖以征」。晴雯的行為、愛好、性格、品德，在誄文歌辭中已經理想化，完美化。寶玉借用《離騷》香草祥鳥等物象讚美晴雯高尚的品格，寄託了美好的理想，也顯示了中國文化裏傳統美德的生命力。

本文通過對誄文關鍵詞和誄文文本的詞義、句義的本體分析，結合《紅樓夢》其他回目文本的印證，揭示了誄文文本詞句意義深層潛藏的文化意蘊，這就為誄文所具有的思想水平給予了恰如其分的估量，從而為小說人物性格塑造與人物思想導向，以及後半部作品的創作構思與情節結構，為研究這篇誄文在整部作品中的地位和作用，提供了堅實的基礎。

原載馬來亞大學中文系學術文叢 03《〈紅樓夢〉與國際漢學》──第六屆《紅樓夢》國際學術研討會論文集（2009 年 4 月）。